泉州文庫

選中題

半邨詩集

林騷 著
許長鋒 點校

泉州文庫整理出版委員會
商務印書館

前　　言

　　泉州建制一千三百多年，爲中國歷史文化名城和古代海外交通的重要港口。"比屋弦誦，人文爲閩最"，素稱海濱鄒魯、文獻之邦。代有經邦緯國、出類拔萃之才，歐陽詹、曾公亮、蘇頌、蔡清、王慎中、俞大猷、李贄、鄭成功、李光地等一大批傑出人物留下了大量具有歷史、文學、藝術、哲學、軍事、經濟價值的文化遺產。據不完全統計，見載於史籍的著作家有一千四百二十六人，著作多達三千七百三十九種，其中唐五代二十九人三十二種，宋代二百人三百九十一種，元代二十一人四十種，明代五百三十六人一千五百八十五種，清代六百四十人一千六百九十一種；收入《四庫全書》一百一十五家一百六十四種，《四庫全書存目叢書》五十六家七十四種，《續修四庫全書》十四家十七種。二○○八年國務院頒布第一批國家珍貴古籍名錄，屬泉人著述、出版者十三種。

　　遺憾的是，雖然泉州典籍贍富，每一時代都有一批重要著作相繼問世，但歷經歲月淘汰、劫難摧殘，加上庋藏環境不良，遺存至今十無二三，多成珍籍孤本。這些文化遺產，是歷史的見證，是泉州人民同時也是中華民族的寶貴文化財富，亟待搶救保護，古爲今用。

　　對泉州地方文獻的搜集與整理，最早有南宋嘉定年間的《清源文集》十卷，明萬曆二十五年《清源文獻》十八卷繼出，入清則有《清源文獻纂續合編》三十六卷問世。這些文獻彙編，或已佚失，或存本極少。二十世紀四十年代，泉州成立"晉江文獻整理委員會"，準備整理出版歷代泉人著作，因經費短缺未果。八十年代，地方文史界發起研究"泉州學"，再次計劃編輯地方文獻叢書，可惜後來也因爲各種條件的限制，其事遂寢。但是這兩次努力，爲地方文獻叢書的整理出版做了準備，留下了珍貴的文獻資料和書目彙編。

　　二○○五年三月，中共泉州市委、泉州市政府決定將地方文獻叢書出版工作列爲國民經濟和社會發展第十一個五年規劃的一項文化工程。翌年，正式成立"泉州地方典籍《泉州文庫》整理出版委員會"，着手對分散庋藏於全國各大圖書館及民間的古籍進行調查搜集，整理出《泉州文庫備考書目》二百六十七家六百一十四種，以後又陸續檢索出遺漏書目近百家一百八十餘種。經過省内外專家學者多次論證，最後篩選出一百五十部二百五十餘種著作，組成一套有一定規模、自成體系、比較完整，可以概括泉人著作風貌、反映泉州千餘年文化發展脉絡的地方文獻叢書，取名《泉州文庫》，二〇一一年起陸續出版發行。

　　整理出版《泉州文庫》的宗旨是：遵循國家的文化方針政策，保護和利用珍貴文獻典籍，以期繼承發揚中華民族優秀文化傳統，增進民族團結，維護國家統一，提高民族自信心和凝聚力，加强社會主義核心價值體系建設，增强文化軟實力，爲泉州的物質文明和精神文明建設服務。

　　《泉州文庫》始唐迄清，原著點校，收録標準着眼於學術性、科學性、文學性、地域性、原創性、權威性，具有全國重要影響和著名歷史人物的代表作優先。所録著作涵蓋泉州各縣（市、區），包括金門縣及歷史上泉州府屬同安縣，曾在泉州任職、寄寓、活動過的非泉籍人氏的作品，則取其内容與泉州密切相關的專門著作。文庫採用繁體字横排印刷，内容涉及政治、經濟、歷史、地理、哲學、宗教、軍事、語言文字、文化教育、文學藝術、科學技術等領域，其中不乏孤稀珍罕舊槧秘笈，堪稱温陵文獻之幟志。

　　值此《泉州文庫》出版之際，謹向各支持單位、個人和參加點校的專家學者表示誠摯的感謝！由於涉及的學科和内容至爲廣泛，工作底本每有蛀蝕脱漏，加之書成衆手，雖經反復校勘，但限於水平，不足或錯誤之處還是難免，敬請讀者批評指教。

泉州地方典籍《泉州文庫》整理出版委員會
二〇一一年三月

整理凡例

一、《泉州文庫》（以下簡稱"文庫"）收録對象爲有關泉州的專門著作和泉州籍人士（包括長期寓居泉州的著名人物）著作，地域範圍爲泉州一府七縣，即晉江（包括現在的晉江市、石獅市、鯉城區、豐澤區、洛江區）、南安、惠安（包括泉港區）、同安（包括金門縣）、安溪、永春、德化。成書下限爲一九四九年九月以前（個別選題酌情下延）。選題内容以文學藝術、歷史、地理、哲學、政治、軍事、科技、語言教育等文化典籍爲主，以發掘珍本、孤本爲重點，有全國性影響、學術價值高、富有原創性著作優先，兼及零散資料匯總。

二、每種著作盡量收集不同版本進行比較，選擇其中年代較早、内容完整、校刻最精的版本爲工作底本，并與有關史籍、筆記、文集、叢書參校，文字擇善而從。

三、尊重原著，作者原有注釋與説明文字概予保留。後來增加者，則視其價值取捨。

四、凡底本訛誤衍漏，增字以[ ]表示，正字以（ ）表示，難辨或無法補正的缺脱文字以□表示，明顯錯字徑直改正，均不作校記。

五、凡底本與其他版本文字差異，各有所長，取捨兩難，或原文脱訛嚴重致點讀困難，或史實明顯錯誤者，正文仍從底本，而於篇末校勘記中説明。

六、凡人名、地名、官名脱誤者，均予改正，訛誤而又查不到出處之人名、地名、官名及少數民族部落名同異譯者，依原文不予改動。

七、少數民族名稱凡帶有侮辱性的字樣，除舊史中習見的泛稱以外，均加引號以示區别，并於校記中説明。

八、標點符號執行一九九六年實施的國家《標點符號用法》。文庫點校循新版二十四史及《清史稿》例，一般不使用破折號和省略號。

九、原文不分段者，按文意自然分段。

十、凡異體字、俗體字、通假字，如非人名、地名，改動又無關文旨者，一般改爲通用字；異體字已經約定俗成、容易辨認者不改。個別著作爲保持原本文字語言風貌，其通假字則不校改。

十一、避諱字、缺筆字盡量改正。早期因避諱所產生的詞彙成爲習慣者不改正。

十二、古籍行文中涉及國家、朝廷、皇帝、上司、宗族等所用抬頭格式均予取消。

十三、文庫一般一册收錄一種著作，篇幅小的著作由兩種或若干種組成一册，篇幅大的著作則分成兩册或若干册。

十四、文庫採用横排、繁體字印刷出版。每册前置前言、凡例。每種著作仿《四庫全書》提要之例，由編者撰寫《校點後記》，簡略介紹作者生平、著作內容及評價、版本情況，說明其他需要說明的問題。

泉州地方典籍《泉州文庫》整理出版委員會辦公室

二〇〇七年二月五日

半邨老人之像

雪泥冷冷
石火熒熒
鼠肝蟲臂
大夢未醒
如無如有
亦頑亦靈
鬚眉一現
吾以吾形
誓將去汝
春鵑秋螢
誰其識我
太空冥冥

時甲申七十自題

半邨老人畫像

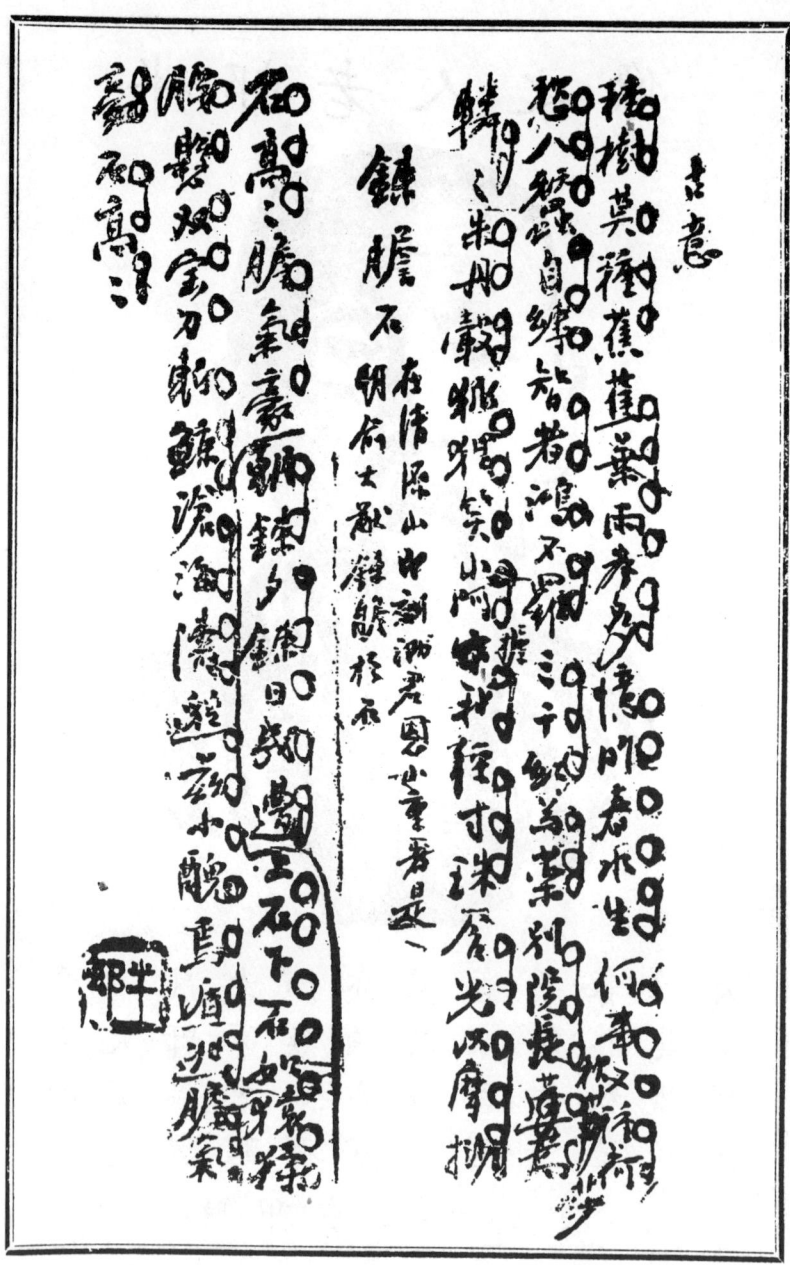

半邨手稿一

半邨老人詩集手跡

東湖采蓮詞七絕三首　湖當
湖水青青山色濃便參初日射芙蓉
雙蕖恰恰遺儂剝花間莫擬花　採
艇子灣灣繫柳陰湖心亭下喜晴涼旁人傳語
蓮心苦莫郎濃濃心苦要儂
塔畔眉尖粉臉如兒家生小住湖濱無端引得
如許鄰娃纖手棒藕綠絲

半邨老人手稿

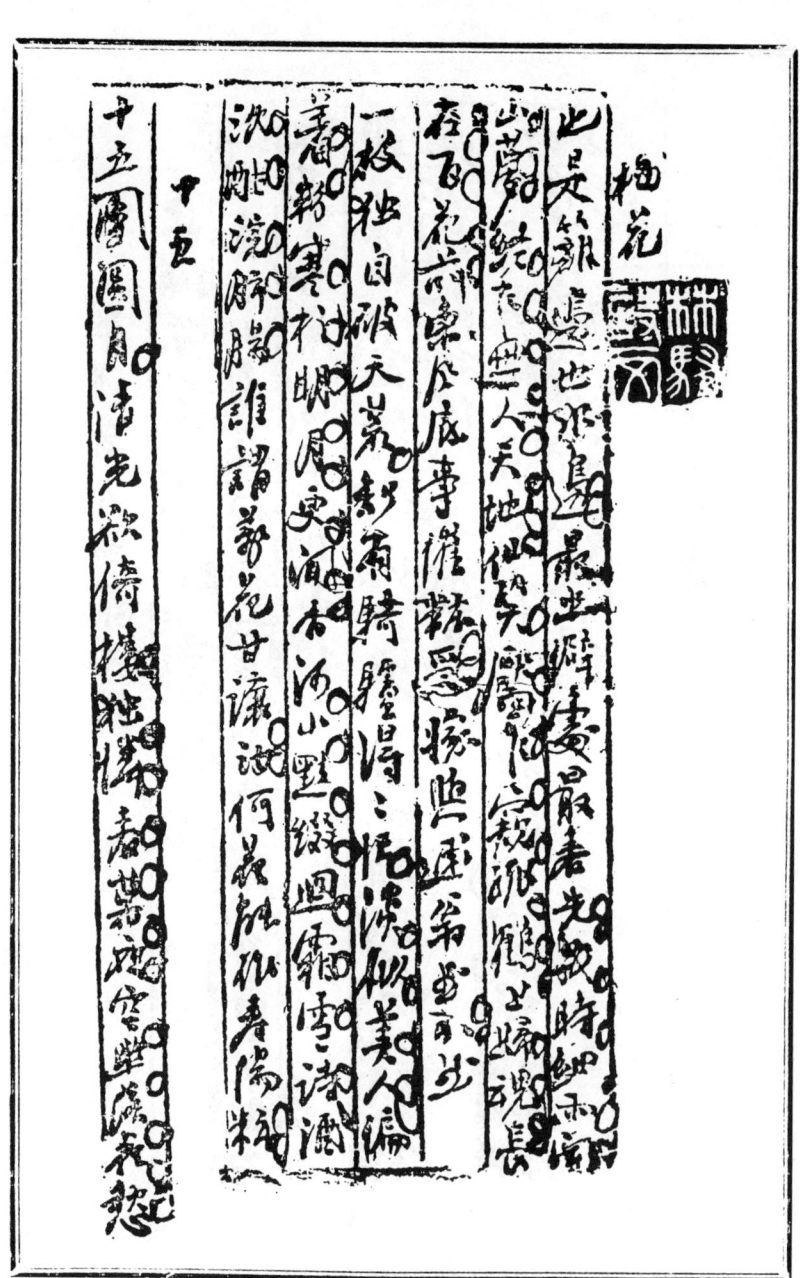

半邨手稿三

半邨詩集自序

余少治時文,於是去詩遠。長,間治古文,去詩益遠。夫余何能治古文哉!治時文之近古者耳,其去詩遠則一。壯歲驅馳,都爲家瘁。屬歐風抨激,漢學不絕如縷,所謂文者,已抱殘守缺之無人,而況詩哉,而況遠詩如余哉!改革後,稍稍爲之,然江海無才,瓦缶爲樂,雖取篇什而覼索之,輒掩卷三嘆,蓋詩之難難於文,途窮日暮,知不足傳也。比歲兵災寇禍,狐嘯魚頹,把酒問天,百憂如擣,乃竭余微軀,與詩相周旋而諷咏之,而咀嚼之,而舞蹈之,而寤寐之,而性命之,余志決矣。將以未死之魂,並古人既死之魄,一爐而冶之,相摩相盪,相飄相搖,相見於歌哭之中,而爲余之淚,而爲余之血,而豈余之詩也哉?甚哉詩之難也!余惟有生之日,天地不得閟風雲,山川不得私草木,豺狼不得膏其吻,蟲鳥不得獨其音,而搜肝搜鬲而出之。余不以繭妻債兒之金錢,而易風雨之悲嘯也;余不以殘鐘燼燭之歲月,而填墳墓之塵土也。雖然,古之人登山涉江、踰河出塞,每流覽興廢,低徊留之不能去,故其爲詩,皆有擊筑拔劍之概,嗚咽流涕,獨雄千載。而余終老牖下,空峽不聞哀猿,芳春不睹垂柳,綜足迹所至,燕、梁、吳、楚,間有游踪。卒以羈旅日少,如浮雲蕩漾於太空,曾鴻雪之不若,今邈焉山河矣,功名富貴鴆毒一至此哉!凡人得志,入則宮室,出則輿服,黃金白璧無算,賓客以時獻諛,酣歌恒舞,濡髮絶纓,叫囂戲謔之聲達旦,可謂樂且無極。曾日月幾何,高臺曲池,有過而墟者,其姓氏至不能齒樵牧。彼非盡無才也,擲寶貴之光陰,自灰其骨耳,安知遭逢世變,非所以厚我者,奈何絶於天耶?以是悉索志慮,目耿耿不寐,不得句不止。寒暑載更,憤憂用集,積帙近三千首。乃者節長捨短,棄瑕録瑜,垂之一編,爲余紀念。然過此以往,陵谷又幾變遷矣!後生末學,蹈異襲淺,抑不知國粹爲何事,詩爲何物,余爲何人,有知我者,其在鵑紅月黑間乎?悠悠蒼天,曷其有極,余以詩老矣,悲夫!

　　民國三十四年乙酉,古端陽詩人節,半邨老人。

目　　録

半邨老人畫像 ·· 1
半邨手稿一 ·· 2
半邨手稿二 ·· 3
半邨手稿三 ·· 4
半邨詩集自序 ·· 林　騷　5

半邨詩集卷一 ·· 1
　夏日偶成 ·· 1
　不寐 ·· 1
　晚歸過浮橋 ·· 1
　七夕三絶 ·· 1
　中秋 ·· 1
　送友人重上豐山 ·· 2
　除夕 ·· 2
　春日南安道中 ·· 2
　清明上墳有感 ·· 2
　哭亡姪冬陽 ·· 2
　余痛未已，再成二絶 ·· 3
　視冬陽墓 ·· 3
　虞美人 ·· 3
　觀海 ·· 3

暮抵烏嶼	3
宿洛陽中亭	3
宿中亭	4
夜過橋北歸途即景	4
馬嵬坡	4
秋夜偕施韵珊泛舟笋江，因至新橋	4
越早返棹	4
述懷	4
冬夜	5
元旦試筆	5
飲壽山家。是日地適大震，書此以廣其意	5
偶至冬陽墓二絕	5
愁	5
淚	5
漫興	6
晚步	6
哀清明	6
與立峰重游崇福寺，路經叢冢，得句歸成	6
晚春寄興	6
先慈忌辰	6
散悶	6
入夜	7
夕陽	7
游清源至南臺四律	7
小立	7
宵起	7

目　錄

　　春草二首 8

　　六月 8

　　一峰橋偶題 8

　　中秋前五夕,時有南安之戰 8

　　秋感四首 8

　　元夕 9

　　夜歸 9

　　見桃花已成葉矣 9

　　自誡詩三首 9

　　春睡曲 10

　　清明 10

　　寄興 10

　　無愁曲 10

　　有感 10

　　枕上 10

　　夏日雜興二首 11

　　惆悵詩三首 11

　　雄劍 11

　　元日 11

　　少年行 11

　　春夜怨 12

　　自君之出矣 12

　　門有車馬客 12

　　游仙詩 12

　　招隱詩 12

半邨詩集卷二 13

　　月夜漫成三首 13

聞戰	13
清明長歌	13
永春動亂,同年林清卿奉老父來泉,日昨過訪,喟然今昔之感矣	14
上巳	14
夜吟	14
送春曲	14
告蚊詩	14
行吟	14
小園靜立	15
一片	15
撥悶	15
寄興二首	15
憶蘇州	15
晚興	15
夜晴	15
洛陽橋	16
惠東道上	16
暮歸過東嶽,是地為郡北邙山口號	16
病中風雨大作	16
客談有感	16
微雨	16
夜景無聊率成	17
七夕	17
八月十六夜游至高石,與野老話月下	17
獨酌	17
重陽後夜	17

古陵弔熊太守祠	17
曉望田間	17
閉户	18
諸葛忠武	18
周郎	18
寒宵	18
惠北村寓偶興	18
自惠歸晉途中作	18
驟雨感懷	18
冬夜	19
舍南晚步	19
漁父詞	19
晚步遣興	19
水仙花吟	19
北廟前覽興	19
寒夜怨	20
除夕二絶	20
短歌行	20
清明書感	20
買畫眉鳥，以詩告之	20
小園步吟	20
落花行	21
崇福寺前晚眺	21
數夜不寐，戲爲六言三首，枕上自遣	21
有潘岳閑居之嘆，長句四韻	21
李幼野、陳伯昭就宴寓樓，即席奉謝	21

回家重經洛陽橋 21
首夏之日 22
夜步中庭,仰首窺天,得枰星句,遂成一律 22
讀韓冬郎詩感題二絕 22
自赤山游海印寺,偕祐安兄登佛閣望海 22
冒雨過浮橋 22
梅子黃 22
望夜五律二首 22
閑居二首 23
夜課 23
海濱紀事 23
夜讀秀水王仲瞿詩,效題拙句 23
知己行為蘇公次杉作也 23
秦始皇 24
漢高祖 24
晉武帝 24
隋文帝 24
唐高祖 24
宋太祖 24
元世祖 25
明太祖 25
有所傷 25
睡起戲成 25
夏日閑詠 25
坐月 25
消夏詞三首 26

涼雨	26
八尺嶺	26
過馬林渡	26
秋日漫作二首	26
八月晦夜	27
靜里	27
黎明	27
重陽	27
重陽日携兩子琛、珪,步屋後湖壩頂	27
自題	27
重至惠安輞川	27
宿輞川月下作	28
秋夜吟二絶	28
晚秋寓言	28
枕上得四十字	28
夜坐有悟	28
鷄既鳴矣,輾轉反側,憶北魏蕭綜有聽鐘鳴詩,余師其意作聽鷄鳴	28
題胡省閭同年詩草	29
至夜	29
聚星樓即席送省閭	29
冬日郊行	29
元日感懷	29
觀董典齋武夷山志成七絶五首	29
春雨醉筆	30
春晴醉筆	30
仲春閑居	30

雨望	30
二月十四夜	30
題病驥五十無量劫反省草五律二首	30
晚春絕句	31
夜坐偶成	31
初晴感興	31
微月	31
明月	31
讀李長吉詩	31
家園晚興	32
午睡絕句	32
閑步	32
黃鐵彝同案自作次子壙志，詞甚哀，感為題四絕於後	32
怨歌行	32
昨日少年今白頭	33
午倦	33
夢遊仙詞	33
十一年來，兵禍靡極，追痛前塵，感懷近事，因綴律四首	33
嘲螢	34
嘲蟬	34
曉色	34
雨齋偶作	34
夜成	34
秋夜偶作	34
秋興	34
中秋夜醉吟	35

秋病感事	35
病中感懷二首	35
白日嘆	35
秋夜漫作	35
失計	36
九月望夜聞柝	36
述懷一首	36
晚秋遣懷	36
九月廿三旦即事成篇	36
十月朔日作	36
冬日有作	37
自經喪亂,忽忽冬殘,倚梅花樹下作二首	37
園中見桃李花開	37
挑夫嘆	37
月夜玩花有作	37
二月望夜	37
清明日作	38
風雨寄興	38
往事	38
一劍	38
夜生有憂而作	38
孤吟	38
失意	39
偶游	39
獨居	39
春殘	39

寓目 39

曲徑 39

伐木謠 39

有作 40

題無錫高老愚傳 40

即感 40

迢迢 40

破曉倚窗成句 40

小暑夜不寐 40

月下觸興成詩 41

大暑喜雨 41

開窗 41

新秋即興 41

七夕戲作長歌 41

哀林清卿 41

秋原 42

中秋月下飲 42

中秋後夜 42

遣懷 42

秋興一首 42

重九日作 42

中夜偶成 43

晚吟 43

讀宋史感陳橋事 43

買菊 43

生日示親友七言排律二十韻 43

梅影	44
哀傅維彬	44
由南安坑尾橋泛溪回城	44
泉山吟	44
歷歷	45
春夜有懷	45
初夏夜成	45
聽子規有感	45
晚望書懷	45
喪亂以來,躬耕無地,作隱居難篇	45
飲酒一首	46
中夜吟詩偶感而作	46
五月十日偶興	46
憑欄即景	46
待旦	46
鄭延平焚青衣處	46
夏旦漫成	47
補次龔紹庭孝廉五十感懷詩四章	47
王幹臣同年五十徵文,書此奉寄	47
病夜書感	48
仲秋感江浙戰事	48
悲落葉	48
五十感懷七律四首	48
由安海至廈門舟中	49
至鼓浪嶼	49
由嶼渡小船至廈	49

游鼓浪嶼日光巖，因登鄭延平王水操臺故址 ………… 49

全家寓鼓浪嶼值除夕 ………… 49

半郵詩集卷三

春夜不寐 ………… 50

初夏夜吟 ………… 50

又四月一日 ………… 50

少壯 ………… 50

夏日遣懷 ………… 50

悼林秀山 ………… 50

中秋步月 ………… 51

秋夜即成 ………… 51

冬夜感懷 ………… 51

伍壽生五十自壽二律詩次韵 ………… 51

不寐中夜有作 ………… 51

酒後夜步庭前 ………… 51

游高原 ………… 52

晚晴 ………… 52

暮春夜作 ………… 52

寓黃氏別墅 ………… 52

秋夕感事 ………… 52

霜夜 ………… 52

春夜偶成 ………… 52

讀戰國策 ………… 53

齊景公 ………… 53

春愁 ………… 53

小園漫成 ………… 53

春盡 ……………………………………………… 53

雜詩 ……………………………………………… 53

哀蘇仲濂 ………………………………………… 54

冬夜 ……………………………………………… 54

晚立,距古曆歲除僅七日矣 …………………… 54

小除夕 …………………………………………… 54

讀史記秦漢之際二律 …………………………… 54

酒後漫作 ………………………………………… 54

幽興 ……………………………………………… 55

春夜言懷 ………………………………………… 55

聞鷄鳴有感 ……………………………………… 55

暑夜 ……………………………………………… 55

秋夜排悶 ………………………………………… 55

殘秋晚眺 ………………………………………… 55

陳幼輿六十 ……………………………………… 55

春日有會而作 …………………………………… 56

一峰橋晚立 ……………………………………… 56

至李仲青故居,道經吳秋曇處,二君下世久矣,愴然有感 … 56

擬山居二絕 ……………………………………… 56

數年來,入夜即睡魔大作,近皮膚熱癢,展轉不寐,書此 … 56

早起 ……………………………………………… 56

月夜 ……………………………………………… 57

立夏夜 …………………………………………… 57

晚晴,去春盡三日,用晴字韵成古詩一首 …… 57

偶感賦此 ………………………………………… 57

蜀先主 …………………………………………… 57

劉後主	57
長日	57
偶步有感	58
六言二首	58
初夏晚坐	58
午睡後偶作	58
重至圓常院	58
深秋感事	58
讀宋九僧詩	58
月夜聞北風有感	59
桃花曲	59
元宵舊節感作	59
元宵步吟	59
春夜對月	59
春雨偶興	59
重至永寧登鸚山	59
清明偶成	60
自先兄祐安之亡，鬱悒無歡，距今二月餘矣，因成五詩，以當一哭	60
秋日孤館遣悶	60
秋夜中庭獨立	60
夜宿南安洪瀨，月下望雪峰	61
殘秋病熱，迫歲未愈，困頓床褥，微吟以當藥石	61
舊曆除夕前三日，夜吟於病榻	61
舊曆除夕，倚病口吟	61
即景	61
晚立同蓮寺外，聽優婆夷課誦	61

聚飲觀東別墅,倚欄有觸	61
中秋前月下	62
中秋夜寓永寧	62
惠安林節母詩	62
九月洛陽橋觀潮	62
壽菊	62
古鏡詞	62
與含芸登永寧董氏樓	63
南安蘇貞婦徵題	63
增脩洛陽橋落成	63
九日山弔韓冬郎	63
秋草二首	63
愁思	64
補壽楊景賢同年五十	64
補壽永寧蔡梅舫五十	64
冬日自遣	64
紅梅	64
冬至	64
清明前雨中作	65
立峰抄示嶺南佩蘭孤兒行書三絕以致	65
書明史秦良玉傳後	65
題許節母吳氏	65
夏日聯歡社小集	65
金絲蝴蝶二律	66
謝皋羽挾酒登子陵臺,以竹如意擊石,作楚歌	66
柳如是	66

顧媚	66
董白	67
卞賽	67
李香	67
曹孟德贖蔡文姬歸漢	67
次社友吳元甫有感韵	67
塔後陳母壽詩	68
幽曠	68
夕霞有觸	68
吾家	68
曉起	68
長日	69
初秋自感	69
中秋前三夜	69
中秋，發社諸老友同游雙江，是暮，由浯江舟至筍江	69
月上，自筍江迴舟，口號二絕	69
雙江泛月五古	69
雙江泛月七古	70
双江泛月七律	70
昨夜	70
晚立得句	70
重陽同游海印寺	70
九日山	70
歲短夜長，中宵吟此	71
除夕日作	71
初春即事	71

雷雨聲中梅花滿地得句成此	71
曉鶯	71
春夢	71
獨坐	71
青陽道上	72
題秋山獨眺圖	72
爲想	72
中秋夜會飲洪大禹川宅,歸途偶作	72
重陽同社游九日山	72
秋夜吟	72
九日作	72
睡起	73
即席贈漳州郭韞珊	73
訪陳頌南給諫故里	73
夾竹桃二絶	73
月菊	73
霜菊	73
雨菊	74
露菊	74
瘧至此又作,雖較昔減,然亦困,中夜夢祐安兄,愴然賦此	74
冬日崇福寺觀大鐘	74
老馬	74
老鶴	74
送世講林少華重往小吕宋	75
鳳山訪黄吾野墓二絶	75
作詩憊甚戲吟六言三首	75

晚立高原	75
白衣	75
後茂望賜恩巖	76
新年	76
嚴子陵	76
得西湖句綴成	76
故廬	76
始皇焚書	76
昭君嫁胡	76
勾踐	77
四皓	77
一樹	77
閑向	77
晚立洛陽橋上	77
晚立洛陽橋上,時與汪孝廉照陸俱,二詩以紀	77
春雨有懷汪大照六	78
至高石春望	78
積雨讀蘇詩	78
寂寞	78
與洪大禹川有約,是日阻雨戲作	78
同社出南郭弔吳元甫,因呈王立峰、江照若二老友	78
詠明季三大儒	79
讀張蒼水先生年譜,至懸奧被執,淚筆題二絕	79
被酒憂時而作	79
雨中漫作	80
春興	80

清明余數有詩，茲反其意而爲之	80
露坐	80
春去矣感而有作	80
送三兒琬可至小吕宋	80
初夏偶成	81
開門	81
重修唐韓學士偓墓	81
讀後漢書	81
新晴	81
孟夏篇	82
見石榴花作	82
詠李青蓮	82
詠杜少陵	82
曉天即景	82
偶興	83
見蝴蝶而賦	83
田家	83
聞蜩	83
永晝	83
題雙溪泛棹圖	83
午陰	84
荆軻	84
舊劍	84
殘燈	84
退筆	84
敝裘	84

緩步 85

抱膝 85

初秋夜坐 85

此意 85

讀周忠愍公奏疏三律 85

與發社游清源山 86

游清源山作十五韻貽王立峰 86

浯江雨望 86

寒夜作 86

惠安王砥如以先人冥壽徵詩，嘉其意爲題一首 86

卅年 86

水仙花 87

借書 87

覆巢嘆 87

醉歸 87

歲暮有感 87

半邨詩集卷四 88

迎春詞 88

壩上偶步 88

獨歸 88

春興 88

讀史偶得 88

即景成長短句 89

夜行 89

園中 89

楚項王 89

題無錫高涵叔如在圖	89
五月	90
吴行璋重游泮水	90
陶靖節	90
破悶	90
歲暮律詩	90
重過浮橋	90
上元	90
春興	91
春雨有感	91
寓樓晚坐	91
郊晴	91
夜坐有懷發社諸老友	91
窗外月極明，中夜起望	91
開軒	91
秋原	92
題孤鶩曲	92
風雨交至戚然有作	92
夜坐	92
三堡樓中即景	92
冬菊	92
冬日有作	92
岳陽樓	93
率興	93
開元寺攝影即席送同年張治廬	93
燕巢	93

哭宋雲五同年	93
寓夜	93
早行紀事	93
秋夜月下	94
鄉國關心，不知憂之何從也，作此	94
烏鵲詞	94
車路既斷，轎行南安舊道	94
代人賀結婚	94
題孟谷吟草	94
春感	95
春日出惠安西門	95
暮春	95
連月奇癢，夜不成寐，破曉始交睫	95
爲圃	95
白鷺群巢某廟榕樹上，有卒持槍擊之，余過而心戚焉	95
種地瓜	95
再詠始皇	96
文丞相天祥	96
陸大參秀夫	96
雨夜	96
謝翱	96
王炎午	96
張毅父	96
鄭所南	97
唐、林二義士	97
秋雨	97

秋日有作 …… 97
近夜，虎至鄰家殺彘三頭，爲作此謠 …… 97
坐梅花下 …… 97
聽雨不寐 …… 98
再詠昭君 …… 98
偶酌 …… 98
春日感事 …… 98
寂寂 …… 98
荷鋤 …… 98
讀隋史 …… 99
清明 …… 99
余老，數年不至東嶽。今歲強步而往，作此寄慨 …… 99
落花嘆 …… 99
讀劉宋沈攸之傳 …… 99
徹夜不眠曉始睡 …… 99
有作二首 …… 99
夏夜獨坐 …… 100
詠寶祐登科錄 …… 100
雨後獨坐 …… 100
托興 …… 100
月夜乘涼 …… 100
石井謁鄭延平王祠 …… 101
秋夜 …… 101
哭許應林 …… 101
雁字 …… 101
秋夜怨 …… 101

與立峰孝廉同舟至溪尾	101
西溪舟中口號	101
村寓望西溪	102
秋溪舟行	102
王陵徵詩	102
秋感篇	102
九日登海印寺觀海	102
訪菊	103
冬日自南安石坑步歸	103
冬日晚望	103
崖山弔古	103
步行至流墩口號	103
夜雨	103
道旁翁	103
往日	104
夜讀杜詩	104
桐陰讀律圖,為黃子登題	104
冬夜	104
寒夜獨酌,念三兒夫婦在菲	104
陣陣	105
愁思	105
詩思	105
歲暮感懷	105
春至	105
滄海	105
春情曲	105

春日感懷二首 …… 106

睡起 …… 106

今歲清明，又視姪冬陽墓 …… 106

壽妙月和尚六十 …… 106

雨後 …… 106

深春 …… 106

始夏 …… 106

夜坐 …… 107

雨中讀歷代詩話 …… 107

再詠漢高帝 …… 107

貧士 …… 107

貧女 …… 107

老僧 …… 107

老道 …… 107

偶興 …… 108

疏散勢迫，中夜賦此 …… 108

杜鵑行 …… 108

得青山二句援而成之 …… 108

向夕 …… 108

爲憶 …… 108

閨怨 …… 108

棄婦篇 …… 109

縷縷 …… 109

暑夜 …… 109

讀淮陰侯傳 …… 109

夜半 …… 109

忍見 ··· 110

晚晴 ··· 110

中秋夜 ··· 110

三秋 ··· 110

次崇武吟弟暮春雜感三首 ··· 110

窮秋 ··· 110

晚秋漫興二首 ··· 111

哭同社蘇菱槎二首 ··· 111

冬日晚眺 ··· 111

微雨即興 ··· 111

詠猿 ··· 111

閒眺 ··· 112

冬日至南安 ··· 112

洪瀨常經理晤後送酒，詩以謝之二首 ··· 112

飄然 ··· 112

拆屋 ··· 112

賣衣 ··· 112

立春日早起，是爲舊元旦，值雨甚 ··· 112

石坑村夜 ··· 113

拜先太恭人墓，繩孫隨往 ··· 113

春日即興二首 ··· 113

二月 ··· 113

屢貴甚，擬穿草履，作此解嘲 ··· 113

園中 ··· 113

清明前作 ··· 114

清明日 ··· 114

不寐古體一首	114
古意	114
煉膽石	114
既夕	114
夏夜感作	115
夜坐次吳渭魚韵	115
日日	115
所思	115
季夏作此	115
雨後月出夜窗綴句	115
韓信釣臺	115
中秋日夜勞軍獻旗	116
螺陽夜宿,至是又近十載矣	116
題留青樓	116
秋熱彌甚,晚步以適	116
海上	116
殘荷	116
重九至北門,見群山蒼翠,倚杖口占	116
是日,復爲同社諸子要至龜山巖,即景成詠	117
巖上成二絶	117
巖上再成律詩	117
遠征曲四絶	117
開元寺慈兒院廿周	117
赤壁懷周郎	118
洛江志感三絶	118
哀女子	118

雨後立丹桂下 …… 118
老將 …… 118
老僧 …… 119
望夫石 …… 119
喜哲夫參謀至，時在蕭育庭書記幕次 …… 119
仲冬有作 …… 119
霜夜月白，憶義山"月中霜下鬥嬋娟"之句却成 …… 119
游承天寺 …… 119
晚步口占 …… 119
冬至後夜 …… 120
攬鏡得句 …… 120
次韵酬蕭育庭 …… 120
贈表弟吳藻汀 …… 120
題南安靈應寺，徇定眉和尚之請也 …… 120
梅花嶺弔史閣部衣冠墓 …… 120
霜鐘 …… 120
雪櫂 …… 121
殘臘夜宿演內 …… 121
舊曆元日七十感 …… 121
閑眺 …… 121
看雨 …… 121
送蕭書記育庭之幕洪瀨，兼訊哲夫周參謀 …… 121
忽然 …… 122
永寧憶林登賓 …… 122
夜作 …… 122
哭同年王立峰老友 …… 122

社奠再哭立峰 …………………………………………………… 122

　　送春詩未有不悲者,因反其意成二絕 …………………………… 122

　　瀟灑 ……………………………………………………………… 123

　　香妃 ……………………………………………………………… 123

　　向夕 ……………………………………………………………… 123

　　小雨 ……………………………………………………………… 123

　　睢陽弔張、許二公 ……………………………………………… 123

　　初秋偶作 ………………………………………………………… 123

　　中秋 ……………………………………………………………… 124

　　東家西舍泰半拆屋以賣,黯然傷之 ……………………………… 124

　　七十生日謝諸吟友 ……………………………………………… 124

　　崇武城次明郡丞丁少鶴岞山韵二律 …………………………… 124

　　留別崇武 ………………………………………………………… 124

　　歲暮有感 ………………………………………………………… 125

附錄一：集外詩 …………………………………………………………… 126

　　子母雞 …………………………………………………………… 126

　　勝利詩 …………………………………………………………… 126

　　春日,送黃子登往安東,時詹振裕有申江之行 ………………… 126

　　車塵 ……………………………………………………………… 126

　　與吳文楚、許佶甫同游城西龍山寺,遂登龍山 ………………… 126

　　重至鼓浪嶼 ……………………………………………………… 127

　　游虎溪巖 ………………………………………………………… 127

　　紀夢 ……………………………………………………………… 127

　　留別復紆二絕 …………………………………………………… 127

　　題安海黃氏聽月樓 ……………………………………………… 127

　　水操臺 …………………………………………………………… 127

人日二首	127
桃花	128
戒酒	128
即席贈潘國渠三首	128
登至高石覓生壙未得，值雨感賦	128
圍江寓樓大風倚窗望海	128
試筆作	129
春日五律	129
下車值大雨，歸由新橋	129
偕汪照陸吟友往崇武，明日適立秋賦成	129
北郭	129
中秋夜即景	129
擬秋雁	129
清明作	130
病中拉雜作此二首	130
排悶	130
病枕得句	130
紅葉	130
感易水事	130
餞菊	130
又五律一首	131
霜葉	131
題寒江獨釣圖	131
笠山見過後贈詩，依韵報之	131
豐城劍	131
慕西寺訪味蒓	131

祐夏結婚蓮花庵,詩以當辭 … 131
虎丘弔真娘墓 … 132
歲暮有感 … 132
舉翼老兄贈詩甚佳,然余滋愧矣,依韵奉答 … 132
寒夜 … 132
立春 … 132
歲暮感懷二律,依照陸兄子登用十研老人韵 … 132
照陸兄留飯志句 … 133
小廢宅 … 133
元宵 … 133
一峰書疏散者 … 133
大病作 … 133
清明上冢詞 … 133
上巳有至龍溪修禊者慨咏 … 134
扶杖小步 … 134
此身 … 134
偶作 … 134
歌贈世姪周子秀彈琴 … 134
窗外 … 134
橫流 … 135
喜晴 … 135
鸚鵡洲懷古 … 135
讀東晉史 … 135
帆影 … 135
櫓聲 … 135
聽漁仙女士彈琴七絕三首 … 135

東湖采蓮詞七絕三首 ············· 136

老君石像 ····················· 136

陳炎生昆仲,余稔其三世,詩社兩假清門,即景留贈五律三首 ····· 136

讀光武紀 ···················· 137

竹床 ························ 137

蝴蝶 ························ 137

鴛鴦 ························ 137

古意五絕二首 ················· 137

東壁 ························ 137

當窗 ························ 137

秋後熱 ······················ 138

小病自吟 ···················· 138

中秋夜六言二首 ··············· 138

中庭夜坐 ···················· 138

汪、洪二老友率諸生登凌霄塔,詩以候之 ····· 138

返照 ························ 138

賜恩巖紀游 ·················· 139

賜恩巖遠眺 ·················· 139

賜恩巖望大觀亭感作 ··········· 139

送秋 ························ 139

初冬一日,壽照陸吟友 ········· 139

題大觀亭 ···················· 139

三月 ························ 140

籌筆驛 ······················ 140

二絕句 ······················ 140

小甦 ························ 140

雨聲	140
立秋前夜	140
聽秋聲有賦	141
梅花七律二首	141
十五	141
咄咄	141
哀同社楊宜侯	141
冬日感懷	141
冬日，含芸招飲，笠山、小迂同席，成田園雜興三絕句	142
冬夜不寐	142
飲含芸處。是日，蓀兄、小迂、國輝俱在座	142
酒後留謝漁仙	142
龍溪禊歸，集蘇兄蓀浦晚翠亭小宴，用小迂韵	142
郊望	142
春殘三絕	143
詩人節重弔屈大夫	143
撥悶	143
又五月作	143
秋宵有憶治廬逝世	143
黃葉篇	143
返照七絕	144
九日，值病後，蓀浦、蘇兄有海印寺之游	144
秋晚	144
殘梅	144
惠安各界追悼郭副團長，暨大湖戰役殉難諸烈士	144

附錄二：聯文 ·········· 145

洛陽橋中亭 …………………………………………………… 145
洛陽古井亭 …………………………………………………… 145
開閩許氏宗祠 ………………………………………………… 145
賜恩巖 ………………………………………………………… 145
通淮關岳廟 …………………………………………………… 145
惠安陳氏宗祠 ………………………………………………… 145
家中聯文三對 ………………………………………………… 145
賀吴藻汀表弟六秩壽辰 ……………………………………… 146
祝洪禹川兄老夫婦金婚暨令郎新婚 ………………………… 146
爲總工會"勞工神聖"題聯 …………………………………… 146
提綫木偶戲聯 ………………………………………………… 146
輓傅維彬聯 …………………………………………………… 146
悼石獅某醫士聯 ……………………………………………… 146
書贈眼科醫師戴少安聯 ……………………………………… 147
挽妙月師聯文二對 …………………………………………… 147
悼太虛法師 …………………………………………………… 147
題古檗山莊圖 ………………………………………………… 147
感時 …………………………………………………………… 147
書齋自撰 ……………………………………………………… 147
生前自擬墓聯 ………………………………………………… 147
贈林世聽先生聯 ……………………………………………… 148
悼周伯道先生聯文 …………………………………………… 148
海印寺大觀亭聯 ……………………………………………… 148
平日書寫聯文三十二對 ……………………………………… 148

校點後記 ………………………………………………………… 151

半邨詩集卷一　癸丑至庚申（一九一三至一九二〇年）

夏日偶成癸丑（一九一三年）

高歌出金石，一醉意無窮。蕉密窗應北，禾油轍自東。山川殘照裏，人鬼劫灰中。何以消長日，庭荷未肯紅。

不寐

不寐數殘更，愁人夜夜情。斷魂飛故國，涼雨入孤檠。噓蜃濛濛市，憑狐蕩蕩城。無心重起舞，悽絕衆鷄聲。

晚歸過浮橋

欲雨不雨溪水流，前邨後邨夕陽收。炊烟白板渡頭路，燈火紅窗岸上樓。幾處雲山爭倒峽，誰家兒女滿孤舟。漁歌一曲滄江暮，生是釣竿那識愁。

七夕三絕

盈盈一水間，秋來始云渡。郎旁多小星，織女不聞妬。

其二
參商長相暌，牛女兩相耦。誰言兄弟親，不及夫與婦。

其三
會合亦已久，誕育乃無時。天上猶如此，人間安足悲！

中秋

秋來已及半，時去欲何爲。不是青天月，酒杯傾向誰？

送友人重上豐山五言排律十四韵

絕壁神仙窟,殘星客子行。淡雲迷曉野,黃葉戰秋聲。紫府何曾遠,青衫不計程。半灣流水渡,萬叠好山迎。世外樵歌唱,天門瀑布傾。亭危風雨在,洞小古今名。曲似修蛇赴,飛如有鳥輕。級穿層石破,路踏衆峯平。猿鶴曾相識,烟霞太上清。非春酣草木,空谷韵簫笙。觀日仍舒眼,隨人且曲肱。拜應留信宿,藥豈問長生。蝴蝶莊周夢,桃花李白情。佳時逢九月,瘦骨負孤征。

除　　夕

愚者徒守歲,歲莫爲少留。智者不守歲,歲亦將去休。智愚兩無用,青春安可求。周天三百六,大地一孤舟。日月忽云邁,江漢水東流。强仕豈所願,撫景多煩憂。丈夫不適意,年少空白頭。且進一杯酒,消此永夜愁。

春日南安道中甲寅（一九一四年）

滄桑劫後剩餘生,又逐東風作遠行。紅紫滿山初引蝶,笙歌一路亂啼鶯。斜陽暮宿荒村靜,野渡春流拍岸平。絕似武陵溪上道,桃花今日正含情。

清明上墳有感

荒冢纍纍劇可憐,蓬蒿認得幾人阡。青山黃土千秋骨,芳草斜陽一夢烟。齊乞生能沾酒肉,秦皇死不遇神仙。寒風四起猶惆悵,魂魄於今未了然。

哭亡姪冬陽乙卯（一九一五年）

蒼天不可問,黃土遂長瘞。感此長眠人,老淚未由制。憶汝初生時,提携十一歲。母妹既先亡,椿庭亦云逝。視父視猶子,形影常弗離。十二學爲文,十四畢所詣。飛鳥青雲羨,隙駒白日勵。相期守歲寒,析薪汝能繼。遲遲初日長,矯矯衝天勢。如何病膏肓,十六年一世。碎余掌上珠,摧余花中蕙。趙氏一塊肉,亡兄之血裔。嗚咽復何言,余實疏防衛。力疾猶攻苦,毋乃精神敝。夜深風雨泣,愁來天地閉。魂兮安所歸,濡文呼汝祭!

余痛未已,再成二絕

五年依我真英物,六月沉疴竟喪予。地下若逢而父問,托孤無狀欲何如?

其　　二

朗朗書聲徹夜寒,九秋風雨玉芝殘。誰教像影分明在,淚掩燈前不忍看。

視冬陽墓丙辰(一九一六年)

去年余共汝封樹,今年余來視汝墓。今年去年同清明,一步踟躕一回顧。閴其無人空山暮,少者如此老朝露。不如歸去子規啼,揮涕獨走舊時路。舊路余歸汝不歸,梨花如雪雨霏霏。

虞　美　人

妾貌今日花,花魂昔時妾。腸斷望楚宮,君王不化蝶。

觀　　海

蓬萊縹緲事空勞,捲盡青山白雪濤。春水極天飛鳥絕,暮潮帶雨朔風號。三千強弩羆軍壯,十二重樓蜃氣高。安得雄心破萬里,腰間橫插斬蛟刀!

暮抵烏嶼

天低岸闊淨無塵,牡蠣風腥接海濱。孤塔夕陽雙下鳥,斷橋秋水未歸人。千山縹緲雲烟隔,四壁浮沈日月新。寂寞浪花收網罟,落霞飛處舞紅鱗。

宿洛陽中亭

此身疑是木蘭艖,屋小如舟倚北窗。誰向青天呼明月,為儂今夜照秋江。

宿中亭又六言二首

極浦星星螢火，遥汀點點漁燈。今夜月明似水，小樓人定如僧。

其　二

載酒無須買棹，臨流偏作寓公。一樣江南江北，五更秋雨秋風。

夜過橋北歸途即景

沈沈星斗卧長鯨，蕩漾波光混太清。是水是天渾一色，此時此夜恰三更。魂消風露秋先瘦，影倒樓臺月有聲。孤客憑欄無限思，千峰如畫隔江明。

馬嵬坡丁巳(一九一七年)

蜀山山青蜀水波，芳魂渺渺長恨歌。西幸有時還西内，翠華重過馬嵬坡。嗚呼馬嵬坡，使人涕滂沱。三郎來日將若何？不如老向川中去，萬歲與千秋，永永不見蛾眉佛堂畢命處！畢命處，劇可哀，誰縱將軍殺妃子，紅顔黄土生蒼苔，君今胡爲乎來哉！

秋夜偕施韵珊泛舟笋江，因至新橋

十里秋江静，三更夜氣昏。寒燈移兩岸，暗月遶孤邨。水響答天地，露華浸魄魂。疏狂吾與女，繫纜枇杷門。

越早返棹

緑波迴欸乃，紅日射胭脂。殘夢孤帆續，泝流雙槳遲。人歸古渡口，秋在遠山眉。一嘯水天碧，海潮初上時。

述　懷

幽窗静日寫離憂，黄葉黄花值九秋。得句萬難歌蜀道，哀音一曲唱涼州。

殘山剩水囊收恨,泣雨驚風筆解愁。詩冢未成人更瘦,心肝嘔盡幾時休!

冬　　夜

蕭瑟清霜爐火親,寒灰撥字惹愁新。鴛鴦瓦冷三更夢,狐貉衣難萬户春。天地不情生後我,江山無主懶依人。應知壯志銷磨盡,空等年華鬢似銀。

元旦試筆戊午(一九一八年)

報道春風又一年,更無裘馬影翩翩。不堪帶荔逢山鬼,自惜寒花伴水仙。逆旅乾坤何客在,狂名今古幾人傳。黑頭白髮須臾事,未飲屠蘇已黯然。

飲壽山家。是日地適大震,書此以廣其意

風雲豈惟來天上,棟折榱傾俄頃間。生有愁腸餘白髮,死無奇骨柱青山。關河四戰聞悲哭,江海扁舟自往還。未必神州同劫墜,杞人何事不開顏?

偶至冬陽墓二絕

似睡酣且美,未至淚如水。芳草春復春,吾老汝又死。

其　　二

汝危予又病,吞聲成訣别。此日有何言,默默風悲咽。

愁

寂寞幽窗四面紗,眉端隱隱若爲家。江山破屋人沉酒,風雨荒城客聽笳。鸚鵡唤回蝴蝶夢,鷓鴣啼上杜鵑花。世間多少青絲恨,爲汝年年改鬢華。

淚

源流應是出天河,散作鮫人萬斛波。二女廟前一江水,三垂崗下百年歌。雨翻荷葉穿珠斷,露滴桃花帶血多。蠟燭猶憐宵宴地,争教歧路不滂沱!

漫　興

侯門劫後成荒土，朝服爛時抵破衫。博得詩人題墓道，青山不改小頭銜。

晚　步

孤雲意不適，踽踽出柴關。怒草碧於海，落霞紅半山。晴鳩格磔雨鳩閑，欲往從之聲樹間。

哀　清　明

南村雨如絲，東郭淚如雨。纍纍陳麥飯，上者羅酒脯。涓滴不到黃泉路，紙錢飄飄化塵土。一寸灰飛一寸深，叠作山頭哭杜宇。山頭高且巍，骨頭枕而俯。縱橫與參差，千秋復萬古。棠梨花片落春風，嗟爾鬼雄生如虎。

與立峰重游崇福寺，路經叢冢，得句歸成

把酒銷愁壺裏仙，踏歌休訝兩人顛。樹因爭綠花前地，草不斷青雨後天。萬骨荒原狐笑鬼，一僧寒殿鳥聽禪。浮生到處歸空幻，若説春游轉惘然。

晚春寄興

漁樵何處話興亡，一飲直須一百觴。花莫盡開春易暮，鳥猶多語世難狂。千絲白髮無方藥，萬劫黃金有戰場。別是傷心言不得，東歸華表涕琅琅。

先慈忌辰

二十年前擗踴兒，今朝猶是奉盤匜。除將淚血血爲酒，萬死都無報母時。

散　悶

殘春落日若爲情，點點飛花恨滿城。胡馬嘶風原向北，溟鯤擊水自南征。

不逢紅拂休賓客,欲結黃衫共死生。直道誰人能買賦,滄洲笑傲看詩成。

入 夜

家住緑陰裏,鳥歸日夕矣。知落何處鐘,催月山頭起。

夕 陽

漫天霞綺散晴空,便送春殘不語中。擇地每從山傍翠,依人偏與酒争紅。馬蹄催去千峰月,牛背歸來一笛風。道是無情還有意,幾回惆悵別墻東。

游清源至南臺四律

萬木陰陰曲徑斜,蓬萊宫殿住仙家。三春葉落翻紅雨,九日山低拱碧霞。溪海交流杯裏酒,留蒲故國鏡中花。北門鎖鑰南州柱,丹訣遥遥勾漏砂。

其 二

面面玻璃明鏡白,沉沉琥珀倒樽青。地通閬苑春如海,人摘天河夜有星。萬户城烟迷遠樹,千村野水寄浮萍。危欄極目鄉關近,頷洞風塵未息形。

其 三

攀藤捫葛繞羊腸,絶頂高歌倚醉狂。雙髻千年天地碧,萬安一綫水雲蒼。無書附鶴朝宫闕,有悟靈犀笑漢唐。田畝縱横棋局亂,分明黑白兩茫茫。

其 四

曲磴歸鞭夕照迂,蒼涼遺迹迄今殊。諸峰月黑猿公嘯,古洞風腥蛇子誅。虚爲晚鐘魂繞繚,迴看飛鳥足踟蹰。松杉滿徑笙歌韻,恍惚陽關送客途。

小 立

龍眼花開十里香,陰晴梅雨晝初長。風來細細閑庭院,蝴蝶一雙飛過墻。

宵 起

鷄聲喔喔夜過半,百戰詩魔魂夢斷。開窗呼鬼話寂寥,明月在天星在漢。

春 草 二 首

大地沉沉入渺冥,連朝風雨喚初醒。來從二月又三月,亂向長亭更短亭。花木已荒宮禁鎖,干戈未定戰場腥。東皇笑展新屏幛,偶畫江山萬里青。

其 二

漠漠輕烟淡淡雲,杜鵑聲裏幾回聞。清明有客迷歸路,兒女無人替上墳。紫陌招魂驚野火,碧天別夢付斜曛。蘼蕪一望腸堪斷,誰踏南園鬥綺裙。

六 月

六月雨沉閣,千杯酒戒壺。吟魂消竹瘦,孤影倩花扶。藥石淫衰髻,鄉關入戰圖。還將雙淚眼,階下洒蘼蕪。

一峰橋偶題

荒城日日鼓鼙殘,萬種愁心六曲欄。鳥踏涼風疏葉下,雲收宿雨野花寒。不堪多難逢秋早,除却無家去國難。妬煞南樓初過雁,稻粱雖少海天寬。

中秋前五夕,時有南安之戰

武庫銷兵何日低,金風颯颯戰雲西。都無家別阿房火,但有軍謀函谷泥。四面歌殘終泣馬,五更客去盡鳴鷄。當空皓月休嫌寂,蟋蟀如今不忍啼。

秋 感 四 首

痛哭西風一雁高,江流不轉浪滔滔。赤眉到處空千里,黃石無書識六韜。豈為衣冠鉤李杜,枉緣巾扇比蕭曹。輟耕斬木紛紛起,若個雄心肯賣刀?

其 二

降幡不竪石頭城,馬革凄涼壯士名。并冀無人收叛將,江淮群盜盡稱兵。三章父老關中約,一夕風雲隴上驚。從此荒山寒落日,天涯孤島泣田橫。

其　三

巖疆奕奕大星垂,三矢前驅付健兒。但有輸財催漢詔,更無煮酒犒秦師。征南哀感梅花曲,敗北悲歌薤露詞。砧杵可憐閨怨地,望夫山上是胭脂。

其　四

萬騎東風曉日曛,鯨鯢未掃浸妖氛。倉黃劍屨謀臣雨,太白旌旗曠野雲。朱亥祇應椎晉鄙,火牛終自走燕軍。如何十里郊原近,滿目山川虎豹群。

元　夕己未(一九一九年)

孤城如斗野淒然,簫鼓聲沉又一年。白骨有燐燈點點,紫姑無淚月娟娟。鴻溝自劃車書異,虎帳應誇壁壘堅。自是柳營春夜永,酣歌知近百花前。

夜　歸

千山屯萬騎,春色亦蕭森。寒月孤城怨,無人芳草深。樹愁眠鳥起,花泣細蟲陰。惟有三更柝,遙遙和短吟。

見桃花已成葉矣

花開昨日今成葉,紅粉飄零真一霎。何處尋花明年春,惆悵當時花間蝶。

自誡詩三首

人生懷百憂,爲家不爲國。妻孥當我前,結念橫胸臆。譬如馳駿馬,千里窮餘力。又如鰥鰥魚,終夜目不息。嗟哉賢智士,皦皦白易黑。去去勿復道,骨肉德之賊。

其　二

貪夫殉利心,盜泉又惡木。亦非金石軀,安知壽命蹙。今歲忽不樂,坐待明年哭。子有千黃金,夜臺無飲啄。始皇阿房宮,胡亥胥爲福。愚者一何愚,毋乃甘舐犢。

其 三

而余方襁褓,父歿崩其天。涕泣念母恩,鞠育廿五年。豈不寒與饑,此志窮彌堅。玉必於石出,金必自火煎。翩翩濁世兒,荒亡復流連。丈夫果樹立,何必負郭田。

春 睡 曲

鷄喔喔,城頭角,五更欲眠誰喚覺。披衣下床踏花去,寂寞紅英花不語。花不語,奈花何,啼鳥爲我發浩歌。歸來且把殘夢續,春雨春風春睡足。

清 明

一曲啼鵑數載兵,春光望斷隔春城。青簾酒熟無人醉,綠野風來有戰聲。抔土更添新淚血,冤魂長繞舊銘旌。餳簫不解亂離苦,吹徹河橋草又生。

寄 興

門掩花開落,春銷酒醉醒。鷓鴣行不得,風雨短長亭。

無 愁 曲

三百六十愁復愁,愁長愁短愁白頭。願決海水洗肺腑,青天碧雲空悠悠。丈夫不佩黃金印,錯落霜雪點玄鬢。蟪蛄朝夕蟋蟀淒,笑殺吹笙王子晉。騶驪換酒醉春風,一杯一杯顏漸紅。高歌忽送月明中,嫦娥直欲下蒼穹。牛山欷歔窮途哭,至竟英靈同就木。我今與汝絕交書,愁兮愁兮去余速!

有 感

十二樓臺怨碧空,疏簾殘燭響丁東。芭蕉愁重三更雨,夜合香多四面風。死去但能滋草綠,生餘爭似落花紅。麒麟閣上勳名在,又看青年說戰功。

枕 上

半畝池塘野水低,蛙聲閣閣畫樓西。五更長短忽無夢,明月滿床鷄又啼。

夏日雜興二首

煮葉烹泉小鳳茶，珠簾呆呆映朝霞。牟尼百八香如許，新買東鄰抹麗花。

其二

竹簟蕉衫夢覺遲，夕陽亭下晚涼宜。天涯閒數歸林鳥，滿地干戈一笑時。

惆悵詩三首

歌舞霓裳擅艷名，藍橋幾度訪雲英。一腔小玉燈前話，十斛珍珠水上盟。不信長安翻去國，空歸吒利失傾城。鸞釵九子成虛讖，籬落秋荒扁豆生。

其二

居處無郎艷若仙，采桑陌畔影翩躚。桃花色醉春風裏，蓮藕絲牽暮雨天。楚岫荒唐衾似抱，漢宮憔悴扇空捐。從教黃土埋香後，冷月寒燈悔恨千。

其三

楊柳腰肢笑語頻，藏鈎射覆兩情親。便看紅粉醒含醉，有約黃昏怒帶嗔。靈鶴星寒殷七夕，啼鵑月冷哭三春。傷心阿姐能流涕，卿是倉鶊偶化身。

雄劍

雄劍悔不用，青燈空白頭。陰符誰策士，竊國自諸侯。萬蟻風雲陣，一蟬天地秋。曾無依表日，江漢好登樓。

元日庚申（一九二〇年）

曉色迴窗牖，韶光一夜新。寒杯誰共雨？短髮獨當春。風頰花迎笑，山眉草細勻。更從啼鳥處，認取舊芳辰。

少年行

七寶鞭橫五馬驄，北踰瀚海西崆峒。嵩山去此無多路，中有紫芝白髮翁。

春 夜 怨

蘼蕪一片春如染,柳絮隨風飛點點。鴛鴦被冷怯輕寒,悄悄流蘇燈半掩。紅樓思婦堪斷腸,乳燕雙雙棲玳梁。不信玉關千萬里,飛來飛去祇空床。

自 君 之 出 矣

自君之出矣,終夜搗寒砧。搗石石不爛,搗月月不沉。月沉石爛會有時,白草黄雲歸無期。祝君射取天南雁,中有迴文錦字詩。

門 有 車 馬 客

門有車馬客,鬚髮何蒼蒼。沈憂令人老,喪亂令人傷。土崩鼎沸鬼夜哭,剥落銅駝舊社屋。長揖將軍盡故人,甯以飄蓬息惡木。撫髀流涕長太息,江湖十載頭顱白。

游 仙 詩

東海深且廣,上有三神山。山有玄髪翁,曄曄駐童顔。餐芝咽澗水,朝日叩雲關。綴葉製裳衣,閶闔獨往還。俯視九州人,擾擾夢寐間。焉知宴王母,紫簫落翠鬟。

招 隱 詩

卿相苟立談,誰不縻好爵。宗族苟光寵,誰肯憂投閣。如何一佳人,矯矯雲中鶴。當户枕青山,侵階翻紅藥。秋菊插盈冠,寒泉杯獨酌。淵然金石聲,天地翔寥廓。無爲傷寂寞,空勞爾鸚雀。

半邨詩集卷二　庚申至甲子（一九二〇至一九二四年）

月夜漫成三首

融融春及半，皎皎明月光。迷花紅錦段，澄水白練裳。所思杳終古，中夜空傍徨。

其　二

傍徨不能寐，雙鯉何由寄。淡烟紫玉魂，圓露綠珠淚。渺渺感余懷，陶然飲之醉。

其　三

飲醉欲何之，風吹髭上絲。屏山圍六曲，華燈明九枝。碧桃綠陰重，素蘭黃芽滋。去如箭離弦，豈不念吾衰。吾衰良已極，佳人難再得。

聞　戰

刻骨誅求厭鼓鼙，揮戈誰是拯遺黎。妖星閭左狐篝火，猛雨昆陽蟻潰堤。回首覆巢波渺渺，傷心戰血草萋萋。孫恩未必能亡海，故壘空山夕照低。

清　明　長　歌

一百五日逢寒食，四十六載過清明。屈指白社半黃土，山陽之笛徒淒清。干戈疫癘有存者，齒危髮落非後生。羲和攬轡無停策，彭佺莫與造化爭。慘焉不樂上高阜，蕭蕭松柏鬱佳城。蕉寒蔗冷雜麥飯，更有髑髏路縱橫。鸕鶿啼烟鬼嘯雨，石麟斑剥噤無聲。乃知生者猶爲福，鬥鷄射雉春衫輕。摩挲老眼忽狂叫，柳烟漠漠花盈盈。我歌且行和者誰？蒼苔枕骨令心驚。君不見漢將功勛象祁連，一朝草沒邱壟平！

永春動亂,同年林清卿奉老父來泉,日昨過訪,喟然今昔之感矣

相見各遲暮,非耶真是耶。黑山親帶甲,白髮暗移家。故國千杯酒,後庭一曲花。烽烟與離恨,寧獨黍禾嗟。

上　　巳

曲水流觴晉代餘,衣冠落寞正愁予。萬方劍戟原中鹿,一寸山河釜底魚。遠目傷春芳草亂,空城細雨落花初。迎風蛺蝶休相笑,搔首乾坤自荷鋤。

夜　　吟

天地豈不老,惟人難見之。譬如人有死,蟪蛄不及知。遲速理所定,變化神所推。想其相偶語,當以長生期。可憐數十寒暑後,黃壤委化白骨悲。三才滅沒歸渾沌,皮血筋骨欲何爲。茂陵寂寞千秋草,燕然鋪張一代碑。天子安在將軍族,神仙虛僞功業夷。古者達士痛飲酒,劉伶李白良不癡。紛紛俗物污青簡,百步五十蟪蛄嗤!

送　春　曲

零紅悼紫春歸去,黯然銷魂悲日馭。年年愁殺送春人,無個知春家何處。家何處,草萋萋,千山萬山謝豹啼。停琴掩袂爲春苦,一度傷春一回老。春去春來老如何,有誰爲我迴顏酡?勸君一杯醉且歌。

告　蚊　詩

膏血獨何辜,饕餮恣一飽。聲威挾迅雷,肆毒酉及卯。便便五石匏,腹似珊瑚佼。負重不遠引,火攻灼牙爪。象齒終自焚,至愚休云巧。

行　　吟

葉綠水之涘,行吟不知止。草色搖詩魂,一鳥忽飛起。

小園靜立

嵐氣浮空映夕霞,流連景物動咨嗟。粉拋素蝶彈芳草,絲引青蟲掛落花。博浪無椎寧副乘,支機有石柱浮槎。五株自種柴桑柳,濕盡衫痕怨歲華。

一　片

一片明霞繞翠微,林鴉壘燕兩依依。不知夜合開多少？飛過短墻蜂未歸。

撥　悶

暗月夜啼烏,全生愧老夫。雨聲孤枕味,燈影瘦人圖。白馬刑諸將,青牛去此都。烟波江上闊,蓑笠是吾徒。

寄興二首

高閣客未至,掩關花欲殘。坐覺榕風冷,臥聽槐雨寒。開我屋後門,青山白雲端。

其　二

飛鳥求其巢,翩然入此室。自爇海南香,孤燈吟錦瑟。輕肥爾何人？喪亂空抱膝！

憶蘇州

蓴絲日日入江魚,八月秋風作客居。記得西施臺下路,綠楊陰裏醉騎驢。

晚　興

十年荆棘委銅駝,麥秀無人解唱歌。惟有夕陽公道在,閑來猶照舊山河。

夜　晴

黃昏小立怯蒼苔,南極浮星萬户開。零雨騎雲歸洞壑,中天嫁月下樓臺。

亂春四壁蟲蛇動，橫笛一聲烏鵲猜。苦恨渚禽棲不定，相呼相喚綠楊隈。

洛 陽 橋

潮來滾滾海門青，潮去蠣房夾岸腥。祠廟至今環島嶼，山川終古走雷霆。迴波翦燕搖輕羽，帶雨檣烏點遠汀。却憶酒醒明月夜，三年笛裏枕中亭。橋中有亭，號中亭。

惠 東 道 上

凉風吹不斷，亭午蜩亂啼。野極雲低樹，村浮路轉溪。峰巒繡帶合，粳稻錦茵齊。最羨水嬉樂，兒童拍手携。

暮歸過東嶽，是地爲郡北邙山口號

古魄今魂喚不醒，夕陽金碧醉冥冥。世間可恨惟芳草，一上墓田青又青。

病中風雨大作

歲月難如此，乾坤瘦不支。寒魂三伏雨，落魄五言詩。玉液愁丹荔，銀鐺煑黑栀。欲將天問續，日夜北風悲。

客 談 有 感

解紐余共主，何人更轉坤。燃臍誅董卓，怒目睨朱溫。十國淒凉史，萬方嗚咽魂。蒼旻呼不得，虎豹爾何尊？

微 雨

微雨下空庭，庭蕪鬱以青。玫瑰花尚笑，茉莉味自馨。寂寂寡人迹，全生在無形。賊子近稽誅，流毒滿郊坰。朝有室家樂，血染夕草腥。俯仰亦何有，奄沒喪其靈。感此發歌狂，鳴鳥爲我聽。

夜景無聊率成

消瘦維摩恨更長,醉鄉無夢奈愁腸。暝鐘出寺依山盡,孤笛誰家弄雨涼。苜蓿春殘饑宛馬,梧桐秋早泣寒螿。半生蕭瑟江關暮,祇有文章弔戰場。

七　夕

一着嫁衣方繾綣,五更別夢又闌珊。無郎曾似嬋娥慣,不引簫聲過廣寒。

八月十六夜游至高石,與野老話月下 至高石在城北。

何事尋秋去？飄風信所之。月窮山骨吐,天闊酒魂悲。獨客蠻圍急,歸心花勸遲。最憐諸父老,歡笑似平時。

獨　酌

日短恨又長,空林葉葉黃。净天痕一雁,愁月瀉千螿。衰漢眉俱赤,游秦鬢已蒼。糟邱吾與汝,今古兩悲凉。

重陽後夜

昨日茱萸去去忙,凉階瑶瑟隱寒螿。空庭月静霜描色,繞屋花開露帶香。一夜關河秋士鬢,數聲砧杵酒入腸。凋殘萬木都堪恨,忍看枯桐泣鳳凰。

古陵弔熊太守祠 諱尚初,明泉州知府,戰死鄧茂七之難。

獵獵古陵坡,蕭蕭匹馬過。生王新戰伐,死鬼舊山河。風雨雙旌夢,丹青四壁波。國殤勤報賽,肉食爾如何？

曉望田間

細雨空濛濕野烟,誰家放鴨滿平川。英雄淘盡美人在,一片花開白似綿。

閉　戶

閉戶又長吟，浮雲終日陰。焚香有髮衲，墜葉無弦琴。水涸蛟龍蟄，霜繁鷹隼沈。悠悠迫歲暮，吾道梅花深。

諸　葛　忠　武

王佐才高年少尊，君臣魚水荷深恩。成功只恨三分國，誓死應悲五丈原。白帝托孤丞相泣，黃初入寇史書冤。昭昭兩表無家念，鄧艾旌旗覆子孫。

周　郎

樽前顧曲意蕭閑，誰信英雄戰勝還。萬古不流長赤壁，一生消受小紅顏。玉魚冢惜將軍樹，銅雀臺空神女鬟。大帝他年修魏貢，九泉風雨涕潸潸。

寒　宵

寒宵何耿耿，短夢入殘年。斷角風掀浪，疏砧月掛天。霜明雞喚曙，燭冷鼠猜眠。正憶名山事，長歌寶劍篇。

惠北村寓偶興

蒼蒼平野闊，烟雨入空冥。麥稚初凝碧，芥肥全放青。牛羊山下塞，鵝鴨水中舲。萬籟此時寂，鄰春隔户聽。

自惠歸晉途中作

煙和日暖似春朝，目極南雲路匪遥。紅樹兩行霜漸晚，青山一角海初潮。擢芒秀麥臨官道，拂水枯藤帶野橋。曾會群仙仍作客，車塵灑落鬢毛飄。

驟雨感懷

枯棋一局久忘柯，小住乾坤自放歌。山叠雲來移暗竹，樓聽雨去憶殘荷。

鸞凰毛羽因風落,龍馬精神半病磨。攬鏡漸飛鬢上白,感恩無術遇秦蛾。

冬　夜

巷柝正遠近,寺鐘猶寂寥。霜深拳鸛鶴,風定唱蠪蛷。悄悄悲棲樹,沈沈夢覆蕉。玉鷄山上叫,喚起世如潮。

舍南晚步

曲曲蔬畦短短墻,棲鴉流水夜微霜。濃於二月花如錦,紅葉樓西映夕陽。

漁父詞

浪迹乾坤繫釣船,自將白髮照紅蓮。篷窗聽雨秋江靜,柳岸移燈夜月圓。一尺鱸魚兒拍手,日暮換錢沽美酒。醉後高歌雪滿天,驚起馮夷不敢眠。歌殘酒醒收鐵笛,搖入蘆花風淅淅。

晚步遣興

靜日生返照,薄霧帶輕嵐。遠遠煙拖樹,微微水涵潭。顧影在城郭,山光萬象涵。是時霜凝野,煦燠若春三。黃菊何芬芳,鳴鳥語譚譚。即此適近趣,彼昏空圖南。

水仙花吟

湘妃涕淚洛陽魄,爲厭紅塵三千尺。銅瓶汲井咽銀漿,賜浴華清雪膚白。畫堂繡闥暗凝香,欲托微波情脈脈。

北廟前覽興

屏山何壯麗,帶郭俯林表。宮殿立苕嶢,登岱望魯小。朔風吹我裘,寒雲極飛鳥。樹疏齒樓閣,城低攝溪沼。梅早綻南枝,菊晚開窈窕。含睇理鬱紆,地偏踪迹少。微聞空谷音,丈人遇荷篠。

寒夜怨

寒月皎皎流輝光,寒星蘸影水有芒。陰墻促織聲淒咽,千聲萬聲斷人腸。空房少婦停鴛杼,背掩銀燈悲誰語?聞道天山霜雪多,音書不達衣莫何。

除夕二絶

下筆應知感慨生,寒梅香裏酒杯傾。無因爆盡千門竹,一夜催詩到五更。

其二

枉將舊恨寫新詩,燭影離離瘦骨支。明日春風誰管領,不堪腸斷似今時。

短歌行 辛酉(一九二一年)

擁衾看詩詩細哦,滅燭聽雨雨聲多。丈夫垂白萬事酒,搖落江山他人手。鴻鵠一飛上九天,高空戢翼今徒然,君不見胡叟生活勝焦先。

清明書感

紙灰歷劫幾時休?風雨不來翻百憂。綠酒醉人蝴蝶舞,青山哭鬼鷓鴣愁。五千道德無生死,九十烟花有去留。今日真成腸斷日,勸君莫更上高邱!

買畫眉鳥,以詩告之

鳥能叫,我常吟,朝朝暮暮結同音。世亂民苦饑,羽毛欲何之?樊籠雖褊小,推食無後時。高邱流涕嗟淪落,酒酣高歌有所托。余唱汝和兩無猜,唾壺擊碎悲風來。

小園步吟

桃李開殘子滿枝,杜鵑一夜叫春悲。落花時節無言語,閑對青山雨似絲。

落花行

五更風雨覺來曉,寂寞園亭游人少。浩劫無情紅紫愁,南枝北枝空啼鳥。憶昔花朝全盛時,稽首花神奉酒卮。曉月黃蜂隨舞蹈,斜陽粉蝶共參差。東流逝水西飛日,錦繡山河一朝失。後庭玉樹罷笙歌,鬱鬱埋香嗟何疾。金谷當時曾玩春,傷心忍見墜樓人。蘼蕪滿地萋萋碧,拾得殘花淚滴巾。

崇福寺前晚眺

幽鳥深樹沒,空山壓郭斜。烟嵐春雨草,野色夕陽花。民俗尊雄劍,僧樓裂成笳。相逢田父老,牢落話桑麻。

數夜不寐,戲爲六言三首,枕上自遣

黄髮曾無百歲,青燈別有千愁。借問杜鵑泣帝,何如蝴蝶夢周。

其二

翻手雨雲難料,到頭電泡成空。借問江淹恨賦,何如李白歌風。

其三

濁酒幾人能醉,有憂無地能埋。借問懷沙痛哭,何如執戟詼諧。

有潘岳閑居之嘆,長句四韵

卧後滄江一布衣,青春作伴掩柴扉。朝無厚禄音書斷,山已爛柯朋舊稀。兒折柳條當客送,鳥含花片傍人飛。首邱合是神仙福,李杜飄零兩不歸。

李幼野、陳伯昭就宴寓樓,即席奉謝

痛飲故人酒,爲君留未歸。相看顔漸老,難遣手頻揮。星斗銀燈爛,雲山玉帶圍。元龍知已晚,京國早依依。

回家重經洛陽橋

岸草迷離接野蒿,青山白馬走銀濤。軟輿一枕邯鄲夢,驚破春眠潮正高。

首夏之日

惜別年年感物華，黃鸝小語燕咨嗟。滿城風雨開龍眼，並世干戈賦虎牙。七字無題淒錦瑟，九天有石阻靈槎。日長計短閑惆悵，且自呼童掃落花。

夜步中庭，仰首窺天，得枰星句，遂成一律

晚鐘古寺時，獨自下軒墀。絲雨仙娥織，枰星上帝棋。冠裳餘布衲，花果當靈芝。忽忽浮生事，嬉嬉濁世兒。

讀韓冬郎詩感題二絕

大盜何人已入關，金輿無復侍龍顏。自從看盡閩山水，馬上吟魂兩鬢斑。

其二

哀感淋漓賦楚騷，相思曾不損毫毛。香奩香草千秋恨，等是孤臣血淚淘。

自赤山游海印寺，偕祐安兄登佛閣望海

烟波極目寺之巔，萬古招提海印傳。曲徑橋通人影細，倚欄山遞鳥聲圓。孤城島嶼龍宮戍，一字帆檣雁陣船。恰遇蘋婆花發日，微微清梵白雲天。

冒雨過浮橋

夏雲濕天空，午山狀日夕。溪水東西來，潺湲流一碧。繁縟汀草青，微茫沙鳥白。篷落網收漁，傘持渡喚客。三載阻兵戈，於今始行役。榕竹影蕭森，恍惚舊時迹。但見蓑笠人，荷鋤歸岸隔。

梅子黃

寶檻花開九畹香，雕籠鳥語數聲長。午窗風雨閑眠起，自打階前梅子黃。

望夜五律二首

圓月埋東方，雨聲遶北閣。荷濃水更喧，榴靜花仍落。去國偃依閩，倍年機

入洛。中宵夢喚回，往事悲如昨。

其 二

風狂泛屋舟，燈暗前朝史。刑罰替王孫，官階張市肆。古今有廢興，榮辱無愚智。散髮問天詞，裸身傾酒醉。

閑居二首

文章已死無奇字，長日悠悠挨午睡。北海交親少李邕，南州遺逸嗟徐穉。相思豆纈胭脂紅，羅漢松低鱗甲翠。作客諸侯亦可憐，袖中漫滅三年刺。

其 二

九有風塵誰洒掃，苔深雨細閉門好。黃衣玉燕小游仙，碧水文魚長樂老。諸將傷心誦浣花，無人低首删吟草。采芝歌罷嵩嶽高，千載冥鴻懷四皓。

夜 課

猿學枯禪蠶引絲，爲彈幽怨漏遲遲。推敲欲就姮娥問，墜却前山月不知。

海濱紀事

山川不改水流東，蒿目傷心淚暗恫。蠻觸搆兵尊寇盜，猗陶通海敵王公。絲車漢詔千秋異，版籍周官十室空。獨有草玄揚子在，年年春怨子規紅。

夜讀秀水王仲瞿詩，效題拙句

鬼哭燈如豆，劉蕡老更哀。春秋花月盡，今古斧斨開。盤鼎堆商漢，風濤挾電雷。徵聲非正始，終是拜雄才。

知己行爲蘇公次杉作也公諱元徑，山東日照人。進士，令晉江，戊戌拔以冠軍者。

名士轗軻才無福，長公恨失李方叔。蚌珠閃爍魚網疏，漁師誤盡竿頭竹。馬不羈勒仰首號，老宿驚駭狂生目。勾漏之令山東來，禦氣排雲賞識獨。北面昨修弟子儀,揚素胡床張華陸。常恐不舞羞羊公,箕尾天邊公化速。閩山蒼蒼閩海深,四百里路北向哭。感恩未報涕滋多,齊魯他時痛墓木。毛義捧檄空青雲,陶潛束帶歸白屋。無端禪詔出深宮,長卧滄江被野服。飄泊幾吹子胥簫,悲歌自擊漸離筑。淒涼舊事心頭潮,禁得西州淚一掬。賈生曾忍負吳公,日暮湘江哀賦鵬。

秦　始　皇

威加海内盡低顔,不見扶蘇塞上還。白骨何辜填萬里,丹砂至死夢三山。狐鳴戍卒蛇當澤,鹿走中原貔入關。王氣金陵躬自厭,漢家雲在碭芒間。

漢　高　祖

赤帝風雲白帝空,重瞳枉事起江東。布衣未有爲天子,敝屣真能棄太公。五載秦灰閑灑掃,一宵楚舞泣英雄。天教人彘同功狗,稍泄淮陰怨血紅。

晉　武　帝

平吳廟略贊張華,青蓋朝天四海家。百二山河分馬種,三千歌舞醉羊車。勢傾早兆金墉亂,志滿寧思玉座嗟。惠帝終難才繼世,賈充謬説女如花。

隋　文　帝

一水天南具老謀,瘡痍暫息甲兵愁。不堪誤我獨孤后,遑恤冲人宇文周。滅族當年依慶則,嗣君他日死揚州。新都自謂無窮業,代侑秦嬰二世休。

唐　高　祖

沈沈宮闕醉呼鶴,一夜徵兵下晉陽。雁塞幾時驚突厥,虬髯有子屬真王。化家爲國西方甲,降密擒充南面裳。喋血君門悲玄武,干戈骨肉鬢成霜。

宋　太　祖

牙旗玉帳卷陳橋,擁上黄袍將士驕。十國春秋收一統,六宮花蕊艷二喬。

最憐龍虎傳諸弟，爲謝鷹鸇鑒累朝。容得受金真大度，不教縲絏繫臣蕭。

元世祖

憑藉先朝號至尊，削平諸夏主中原。錢刀已括江淮税，陵寢難安帝后魂。彩鷁天涯征海島，木魚風徹醮宮門。雖然曆數歸夷狄，亡宋君臣計失樊。

明太祖

再造乾坤出細民，沛公而後更無人。燕王神武隆基事，遜國聰明太伯身。禍水三監師靖難，蔓瓜十族醢忠臣。金牌掛虎鍾山路，衣鉢空留後世因。

有所傷

花到飄零恨已灰，人如夢寐去難回。而今莫把樵青喚，鸚鵡琵琶事更哀。

睡起戲成

昨日之日節端午，今日之日悶破肚。烏飛東西倏千古，蒲酒百杯竟何補。蘭蕙抽葉花參伍，菡萏包花葉媚嫵。南風習習吹庭戶，莊生招我作蝶舞。琅玕青簟夢栩栩，不知何人是豺虎，不知何物是阿堵。此時正與昔賢聚，或爲詩史之杜甫，或爲雄文之韓愈。濃樹繁鳥打肺腑，拭目天邊雲欲雨。魑魅魍魎托版宇，不見昌黎況工部。

夏日閑詠

水閣含風綠葉荷，羲皇夢裏歲蹉跎。樽前鑒老後生鏡，世上論功狂寇戈。欲曬腹書坑有火，永埋心史井無波。柳州可作應爲傳，種樹如今郭橐駝。

坐月

空階疏雨洗，坐息漢陰機。地浴月如水，天貧雲補衣。荷涼宜鳥睡，竹静納螢飛。寧不懷江海，吾衰安所歸？

消夏詞三首

睡眼朦朧午倦開，荷風習習送香來。畫眉不省游仙樂，裂石高歌喚醒回。

其　　二

十畝園亭小院東，斜陽西落火雲空。澆花引得兒童樂，滿地青蕪打草蟲。

其　　三

茉莉花圍曲曲池，釣魚翁下啄魚兒。風塵恨少閑鷗鷺，放鴨梳翎弄水嬉。

涼　　雨

景陽鐘歇夢迢迢，擬着黃冠號一瓢。涼雨洗胸詩思苦，輕風到耳鳥聲驕。棲心闃寂成孤影，掣淚興亡閱兩朝。聞道干戈猶苦戰，書生合讓霍嫖姚。

八　尺　嶺

野束天無曠，原高地未平。晚秔依驛路，隙樹出溪聲。翠鳥茶烟起，黃牛板屋傾。群峰千萬轉，秋半獨行行。

過　馬　林　渡

兩岸青山夾水隈，溪流東注日西迴。綠陰無數不知路，一個小舟撐出來。

秋日漫作二首

落葉何因逐水流，晚山無數亂雲愁。天篩小雨催黃菊，人戰秋風易白頭。五餌計成夸策士，九洲畫去擁諸侯。中原板蕩知誰梗，滿耳哀蟬怨未休。

其　　二

愁絕滄江日易傾，還將短髮感浮生。布衣事業三秋色，大塊悲涼九月聲。醉影乾坤陶彭澤，傷心詞賦庾蘭成。恨無鐵笛吹哀怨，譜入關山雁字橫。

八月晦夜

秋思忽輾轉,西風吹素心。窗蟲偷紙薄,村犬入燈深。月暗青楓老,天高白露淫。年年搖落恨,并作苦猿吟。

静里

静里聞香久,空堂桂子清。頭顱秋共老,肝膽夜誰傾?斷酒人又醉,哀砧月正明。幽蟲爾何事,亦自訴平生?

黎明

鷄聲角角天如水,爲看秋山秋早起。昨夜西風落葉多,回首三春一瞬耳。

重陽

登臺杜老垂雙淚,佳節樊川醉百觴。哭亦可憐歌亦死,乾坤此日太荒唐!

重陽日携兩子琛、珪,步屋後湖壩頂

有酒不登山,顧影無佳客。飄風吹我裳,雁浮天一碧。雁聲叫,兒聲笑,丹楓爛熳斜日照。眼前適意即爲歡,太華峰頭如是觀。采得茱萸插兒鬢,年年歲歲祝平安。

自題

墙頭也似野人家,秋晚先開扁豆花。我本江南一走吏,勸君莫道故侯瓜。

重至惠安輞川

影事前塵十八年,銜盃又向水雲邊。風凉蛤蠣秋天少,潮落魚蝦晚市鮮。烽火不驚秦父老,樓船如畫漢山川。馬蹄却認雙鴻爪,終古紅橋石未湮。

宿輞川月下作

秋魂何處村,天水湛一緑。不見打魚人,但聞打魚曲。

秋夜吟二絶

萬户珠簾掛水晶,江山如畫入詩情。閑愁拋去三千丈,驚起離魂蟋蟀鳴。

其二

蟋蟀聲凄梧桐老,鳳凰不來西風早。凉階落葉何紛紛,露重衣單人不掃。

晚秋寓言

陣雲盤古堞,寒日下空亭。歷歷楚宫皆過雁,沈沈隋苑不飛螢。黏天芳草黄如此,蝴蝶歸來夢也醒。

枕上得四十字

莫搏馮婦虎,先爲老子龍。親亡寧論檄,妻在好同春。露浸花四壁,月斜僧一鐘。可憐天下士,終署蔣山傭。

夜坐有悟

蘆荻花開月照時,流年似水使人悲。紅顔若個能青冢,白髮何曾有紫芝。彈得魚來歌宛轉,化爲蝶去夢迷離。氍毹舞罷歡聲動,肢體終憐刻偃師。

鷄既鳴矣,輾轉反側,憶北魏蕭綜有聽鐘鳴詩,余師其意作聽鷄鳴

聽鷄鳴,鷄鳴非惡聲。殘星數點在,斜月一鈎橫。烏鵲微微動,車馬遥遥行。開闢乾坤力如此,顛倒魂夢神爲驚。出寺鐘聲拍岸潮,海山唱答風蕭蕭。劉琨往矣無人起,胡爲乎跖之徒死乃已!

題胡省闇同年詩草

仁者之言名士句，武夷山水入詩囊。來從楚國搴芳芷，去作閩山蔭憩棠。江漢不歸緣寇盜，風塵誰解有文章。疏燈細雨閑吟遍，五字梅花十月香。

至　　夜

聞說此夜長，夜長愁却腸。亂拋心血碧，底換鬢毛蒼。浮海管寧帽，空山李賀囊。不嫌衾似鐵，天地正風霜。

聚星樓即席送省闇

別酒難爲醉，知心不在言。海山孤宦迹，天地兩吟魂。去去蓮依幕，行行梅點邨。寒風正蕭瑟，珍重一裘温。

冬日郊行

空山黯淡夜霜清，麥壠無人過鳥輕。木葉咽殘風有鍔，溪流淚盡石如睛。盤雲野鵠依稀見，趁日寒鴉上下鳴。絕塞不堪思遠客，敝裘羸馬悵孤征。

元日感懷壬戌（一九二二年）

早信知非鄰伯玉，更堪拜衮倍仲華。悠悠天地吾將老，莽莽山河亂靡涯。滋雨桃豐千葉蕊，搖風梅叠一庭花。醉來偶憶前朝事，正月春王夢已賒。

觀董典齋武夷山志成七絕五首

洞天十六鬱閩疆，我亦曾孫共一方。却恨虹橋飛不到，棹歌吟罷意茫茫。

其　　二
乾魚漢祀溯遺封，開卷如聞上界鐘。何日刺舟雲水去，振衣高躡大王峰。

其　　三
剩有人間曲可哀，驂鸞舞鶴不曾回。披圖一夜渾無寐，如此江山筆底來。

其　四

廿年前憶過匡廬，兩點金焦入望餘。曾似雲烟羅滿紙，卧游真個有奇書。

其　五

祠廟千年枕碧溪，先賢於此半巖棲。餐霞不屬黃冠客，一一詩歌載舊題。

春雨醉筆

春風春雨滿衡門，老去逢春把酒尊。醉極王公何有我，吟殘漢魏不歸魂。橫塘吹沫魚兒細，曲徑封苔燕子翻。少日狂名今日減，葫蘆中有小乾坤。

春晴醉筆

旭日晴空寒意回，步兵厨裏撥春醅。鵓鳩啼罷山如染，蝴蝶飛時花半開。人世難饒頭上髮，天公無奈掌中杯。華胥幻夢何須問，戰蟻衙蜂總劫灰。

仲春閑居

賓鴻回首渡桑乾，不信東風指一彈。日月每忘新甲子，市城寧許古衣冠。軍從重典誅菅草，世已無王賤牡丹。渺渺浮雲天萬里，青蓮我亦望長安。

雨　望

遠樹隱樓臺，微波漾池沼。欲知何處春，萬綠紛啼鳥。

二月十四夜

暖迫紗窗銀燭沈，誰於清夜鑿幽心。酒魂入月夢初覺，花氣搖鐘春正深。去國未能搔白首，著書無術鑄黃金。五更却被鈎詩興，落泊驚棲叫水禽。

題病驥五十無量劫反省草五律二首

騏驥非能病，鳳凰合有毛。才名今壯悔，歌泣古離騷。劍倚青山壁，舟掀黃海濤。悲來聲變徵,哀感此人豪。

其　二

華年思錦瑟,一柱一長吟。過去雲烟眼,抱殘風木心。新民磨杵鐵,冶士典釵金。余亦同生日,相逢酒滿襟。

晚春絕句

賓客曾無孔北海,竹絲不似謝東山。年年一笑花開後,啼到子規春又還。

夜坐偶成

昏醉無能知死日,亂離真覺悔生初。時聞露氣出深竹,還我布衣天地廬。

初晴感興

軟霧輕烟捧太陽,一時花草鬥新妝。芭蕉到底無情緒,猶濕青衫淚數行。

微　月

微月忽已下,涼風生素襟。土花螻蟻骨,毛血隼鷹心。野闊看星動,庭虛貯露深。呼蟲作知己,能伴老夫吟。

明　月

東海出玉鏡,乾坤鑒毫髮。一照地上人,一照山中骨。將骨與人比,仰天浩歌發。應有痛心人,五更抱明月。

讀李長吉詩

昌谷死年二十七,吾今數多二十一。蕉窗展卷讀遺詩,滿紙精靈汗四出。天爐地冶炭熊熊,煮霞蒸雲爛白日。開鼎手弄九轉丹,群兒舌吐五色筆。心肝成灰魂魄在,笑殺秋蟲空唧唧。

家園晚興

日車劫劫西向傾，烹蛟炮鼉海沫平。青山排闥昏如旦，碧草歸魂死又生。涼意先秋秋未至，點綴珠玉開茉莉。含芳結韵蝶依依，飛上竹枝舞空翠。

午睡絶句

清風苦不來，幽夢渺難續。起坐獨支頤，芭葉展深緑。

閑 步

雲合樹漸陰，天末叫歸禽。懶鐘出古寺，媚日下高岑。欲行不行我心樂，負手逍遥歌且作。吟罷歸來野無人，繁星滿天如雨落。

黄鐵彝同案自作次子壙志，詞甚哀，感爲題四絶於後

思予那堪更築宫，再來未卜是何日。制君涕淚總無方，嗚咽人間一枝筆。

其 二

青山長傍樂邱雲，苔蘚無情鎖篆文。他日司空如痛飲，酒醒凄絶小孤墳。

其 三

歌哭爲君弔上殤，蓬萊高處解文章。夜深忽作思鄉夢，手搵春羅淚數行。

其 四

十六年華隕白眉，我之孤姪似君兒。靈槎不返回生藥，兩樣哀情一樣悲。

怨 歌 行

拔劍起舞悲琅琅，三千頭髮怕秋霜。一事無成日月老，百川鼎沸蛟龍藏。生我何爲問天地，身非麻姑見滄桑。椎牛屠狗握將相，焚琴煮鶴唾文章。帝遣巫陽慰勞汝，呼吸風月酒爲鄉。青山没骨先人旁，君不見兵血愁天結怨魄，鸚鵡洲邊哀草黄。

昨日少年今白頭唐許渾句。

昨日少年今白頭，自持清鏡不勝愁。擲將天上還明月，河漢無波水悠悠。請君莫上臨江閣，江水滔滔日夜流。

午　　倦

午倦拋書淡淡風，冰盤乍擘荔支紅。分明一段人間世，都在凉窗小睡中。

夢　遊　仙　詞

凉露洗魂魂不死，爲騎白龍天上起。十二碧城開雲端，玉燭銀簫紛羅綺。中有美女妖且妍，流波送目齒嫣然。欲通款曲不得語，王母立在屏風前。暗擲相思字蝌蚪，淚珠濕透墨痕後。心煩意亂兩蹉跎，鷄啼月落海日高，東方白矣奈爾何！

十一年來，兵禍靡極，追痛前塵，感懷近事，因綴律四首

東門嘯罷競亡秦，鼙鼓聲聲暗戰塵。遊鹿已看荒上苑，斬蛇寧復起真人。曹瞞篡國虛尊主，危素偷生是老臣。欲聽南薰歌一曲，蒼梧縹渺廢時巡。

其　　二
橫戈帶甲滿中原，鈇鉞專征勢建藩。諸夏龍爭腥禹甸，延秋烏哭叫王孫。湖陰繞日迴鞭急，閫左稽天斬木尊。百萬頭顱輕棄擲，哀風苦雨泣民魂。

其　　三
迷離鬼火點秋螢，羽檄飛馳長短亭。壇屬齊秦更伯日，州當揚益早分星。南昌嘆息神仙尉，西選憑依將帥靈。竭盡脂膏供幕府，空城黃雀野田青。

其　　四
諸道擁兵成尾大，幾人列土肯心拋。華山歷歷能歸馬，漢水荒荒木貢茅。一世縱橫鷸蚌策，兩軍旗鼓鵲鳩巢。宋家杯酒無消息，畫角天高咽四郊。

嘲螢

月暗空階露滴枝,前身芳草恨離離。自從借得星光後,花裏逢君獨照時。

嘲蟬

咽盡山程復水程,高槐細柳不勝情。便餐風露能多少？雨打秋魂過一生。

曉色

片雨沃海日,群夢覺睢鳩。殘星如欲墜,孤雲不自愁。曉色清人骨,青山一倚樓。

雨齋偶作

天宇吐微潤,吟魂仗酒蘇。竹風深院玉,荷雨小池珠。一枕活蝴蝶,千山涼鷓鴣。古靈終不死,開卷覓吾徒。

夜成

疏影散晴綠,遠屏排古青。月磨三日雨,雷彈一天星。蟲語憑花訴,禽眠點露醒。搜腸索佳句,詩病恨無靈。

秋夜偶作

不解何以悲,秋聲颯然至。梧葉下高柯,荷莖辭故水。白露淒心魂,衣單中夜起。信知造化功,留此榮枯理。住亦無百年,往亦惟一死。蕭蕭布衲僧,寒鐘打壁壘。

秋興

春去惜落花,秋來悲落葉。時至各有歸,百年但一霎。不聞拔山歌,揮淚別愛妾。血肉肥螻蟻，感恩嗟何涉。

中秋夜醉吟

宇宙萬萬古，萬古萬中秋。中經幾金谷，中經幾玉樓。中經幾楚舞，中經幾齊謳。撐持團圓月，後起先者休。歷歷鏡中影，憑弔餘高邱。美人與名士，無處覓髑髏。天傾氣不崩，地缺球爲浮。如何忽有我，電光刹那留。促促感遲暮，來日大可憂。海水三度淺，戰鬼十年啾。今夜不痛飲，知月笑我不？萬古萬古人，付與萬古愁！

秋病感事

淮蔡應知據地難，更無國士仗登壇。九龍寂寂山川改，一雁淒淒風雨寒。遺老祇今悲戰伐，危巢何處覓平安。可憐瘦盡書生骨，烽火秋高木葉殘。

病中感懷二首

多病滋吾懶，河山戰血紅。髮疏楓葉外，秋滿菊花中。衰草雕盤野，愁雲鶴唳空。不須嗟播越，諸將托帡幪。

其二

白刃橫滄海，青燈泣細蟲。將軍悲棄甲，戰士怨藏弓。亂柝三更雨，寒砧九月風。兵戈與人事，琢句入詩筒。

白日嘆

凌晨整衣巾，稍稍理世務。花影落前庭，烏雀噪日暮。今日已如此，明日復如故。三百六十日，日日日一度。豈無朱顏人，奄忽成朝露。所以華屋中，一一似邱墓。誓將秉燭游，伊人不可遇。迢迢萬里心，傍徨在中路。撫我雙瓊瑤，搔首待絲素。坐看流年去，風雨挾悲怒。

秋夜漫作

十二峰高巫峽長，江河難與浣愁腸。摘來紫豆餐爲勸，味到黃花夢亦香。

砧杵閨寒天似水,干戈門掩月如霜。而今只合籠鸚鵡,閑念心經當雪娘。

失　　計

乾坤哀我老,淒絕欲無生。到骨一秋病,傷心百歲名。雁書回夕照,蟲語亂深更。失計今如此,吁嗟身後情。

九月望夜聞柝

十道旌旗捲數州,天南鶴唳幾時休。如何夢枕三更月,別是軍城一段秋。

述　懷　一　首

日月西不返,江河東不歸。處此如幻夢,行樂貴先機。魯酒玻璃杯,秦女霓裳衣。旦晝雜諧笑,神仙殆庶幾。奈何憂患來,事事與心違。我欲訴蒼旻,天遠無戶扉。我欲披肺腑,道路豈知微。積以疢五中,肉體安能肥。富貴亦何羨,悠悠秋水磯。

晚　秋　遣　懷

百年多病壯心死,一枕支天放眼明。誰是英雄誰豎子,不誅豪傑不銷兵。雨收殘葉依蟬盡,雲帶諸峰入雁平。空有金龜無用處,菊黃蟹紫酒人情。

九月廿三旦即事成篇

秋風慘澹淒心顏,欲往避之愁間關。萬姓生魂羅網鳥,三軍死骨髑髏山。不堪諸將沙中語,應有元戎海上還。誰持節來持檄去,殺機真伏睫眉間。

十　月　朔　日　作

淒戚復淒戚,浮雲終日陰。葉落無還樹,毛疏有叫禽。枕天席地臥萬物,龍蛇一蟄山河深。北風吹折陸機纛,東市彈絕嵇康琴。全生受命古為鑒,樵牧高歌鸑鷟音。

冬日有作

姓字休論識者稀，青山隱隱有柴扉。月寒瀉地僧初去，霜急空天鳥獨歸。元亮千秋五斗米，子陵萬古一蓑衣。流光枉度兵戈裏，晞髮江湖早見機。

自經喪亂，忽忽冬殘，倚梅花樹下作二首

日短天寒晝掩門，陣雲高壓易黃昏。今年更是無情緒，開盡梅花斷盡魂。

其 二

色色旌旗萬馬喧，幾人尋得武陵源。我如孤鶴空山道，守盡梅花瘦盡魂。

園中見桃李花開癸亥（一九二四年）

灼灼桃李花，相間好顏色。蜂蝶各紛飛，枝頭爭斂翼。孤松非不秀，叢竹非不植。一笑嫁春風，時哉弗可得。

挑 夫 嘆

白日慘淡天爲荒，千乘萬騎塞道旁。秋鷹擊兔猫捕雀，部邑無人半流亡。一從爲挑夫，妻子望眼枯。即死填榛莽，得間或遁逃。亦有生放還，纍月計程途。一日止一餐，一餐百里路。饑掬寒澗水，倦宿空山露。鞭撻時見血，力盡無緩步。不如牛與馬，能得主人顧。望鄉關兮不歸，聽杜宇兮魂飛。黃金不買悲行役，青磷化作異鄉魄。安得附書與我家，兒後長成但荷戟。

月夜玩花有作

天垂星欲滴，風靜水無波。春色浮花滿，詩心明月多。有誰能獨賞，對影且高歌。却嘆封侯士，空持待旦戈。

二月望夜

龍血灑原野，兔魄掛當空。溶溶春色滿樓閣，千花萬花慘不紅。去年冬至

節,趙幟易漢幟。今歲近清明,雄心互猜忌。蠻觸鬥未已,東師紛戒備。子規啼苦刺桐開,洞房十二生塵埃。兵法已傳孫武子,鐃歌不返越王臺。我自有家移未得,側身恨無雙飛翼。酒闌歌罷問青天,戎首何人至斯極。

清明日作

蕭然倚庭樹,時鳥變聲頻。去日苦一世,隨花過半春。歸魂新故鬼,刻骨死生人。聊復飲醇酒,焉知醉後身。

風雨寄興

白首青春一例歸,烏衣紅粉兩依稀。愁人風雨花催落,戰壘河山燕怯飛。飲到八仙悲濁世,圖成九老迫殘暉。浮生試悟無生地,咄咄書空靜息機。

往事

往事如烟恨更遲,青青楊柳獨支頤。春寒二月風吹酒,夜夢三更雨打詩。金縷已非堪惜日,玉簫寧有再來時。哀鸞泣鳳垂垂老,又聽城頭鼓角悲。

一劍

一劍有餘威海內,千門無計走天涯。爛羊滿目紛紛貴,巢鵲傷心處處家。星斗夜高環細柳,池塘春鎖靜飛花。幾人月落荒鷄候,不爲驚魂起戍笳。

夜生有憂而作

蛾子爭雄戰鬥頻,空山獨夜轉傷神。千峰明月初收雨,一院飛花漸惜春。望帝終憐啼血鬼,始皇猶解鑄金人。銷兵自是蒼生福,誰念中原板蕩因!

孤吟

仙山宮闕不重回,十二年中看劫灰。歲月憶時真昨夢,乾坤亂後竟誰才。

閑情春色兵閑了,孽債詩心夜半來。我與落花同棄置,孤吟自覆古今杯。

失　　意

失意百不樂,悠悠三月間。楚氛常在目,魯酒漫開顔。蝶影風翻紫,鳩文雨洗斑。如何戎馬地,今日是家山。

偶　　游

山川古幽僻,路轉石橋分。花落愁於雨,春陰懶似雲。正須浮海去,難與少年群。爲欲聞啼鳥,苔深坐破紋。

獨　　居

喪亂各天末,江湖不可尋。干戈白日靜,風雨青春深。香向金猊爇,茶消玉燕吟。時時園裏去,芳草寄愁心。

春　　殘

擲盡人間歲月梭,春殘金粉夢中過。子雲門巷車聲寂,摩詰詩歌畫意多。劫土獨憐幽草長,荒天争奈夕陽何。王孫不返風烟暗,山鬼飄飄帶女蘿。

寓　　目

悲笳日日咽空城,寂寞南冠踽踽行。碧草懷人心上憶,青山於我眼中明。愁絲三月閑風雨,烽火千家怨甲兵。羡殺濃陰枝好借,幾回春樹正啼鶯。

曲　　徑

蕭蕭微雨歇,曲徑上高堤。日午花枝直,天圍草色低。雌雄紅壘燕,子母綠陰鷄。即此隨所適,兵戈莫更提。

伐　木　謠

春雨灑萬物,綠樹紛葳蕤。如何伐木人,斧斤長恣睢。非不曰樵蘇,於傳亦有之。伏日無餘蔭，清風但遲思。飛禽失其巢，雌雄各分歧。飄搖雙羽翼，天闊渺一枝。星稀明月夜，啾啾而鳴悲。有鳥有鳥爾勿悲，毀室取子民流離，上帝板板哀者誰？

有　　作

滄海朝朝沸，麻姑渺不逢。干戈棲燕雀，雲雨舞蛟龍。披髮公無渡，丸泥室盡封。空留餘歲月，付與百花濃。

題無錫高老愚傳

曾聞雷電啓金縢，庸行知非眾所能。性有至情盡爲子，骨無凡格淡如僧。山川南北書千里，風雨東西焰一燈。抗閔追顏應不朽，買絲端合繡吳綾。

即　　感

百戰風雲割據場，冠猴舞馬任徜徉。居無上策全兵禍，產僅中人半盜糧。月鎖千門春寂寞，天高一笛夜凄涼。散金結客休嗟老，魂魄何因守故鄉？

迢　　迢

禍極天應悔，迢迢未有期。悲歌獨醉日，板蕩共憂時。群飲饜俱滿，將捫虱向誰。迄今成戰國，各自弄潢池。

破曉倚窗成句

一白破萬象，雞啼自海東。曙光連月色，人語出花叢。雲濕鐘迴寺，星稀鳥點空。平生貪睡足，辜負畫圖中。

小暑夜不寐

篋裏陰符畏後生，悠悠清簟夢難成。韶簫奏月紛萬籟，河漢低天起五更。

已絕龍髯弓劍渺,頻依虎口甲戈橫。入山逾海都非策,涕雪星關望太平。

月下觸興成詩

芰荷風過夜泠泠,偷息干戈坐小庭。瞻兔乍邀衣上月,撲螢如墜扇中星。老無儔侶真禪寂,亂少逢迎作酒醒。若憶華胥空一夢,簡編洒血有何靈。

大暑喜雨

五湖何處泛輕船,長日虛堂手一編。避世劃開天地外,狂歌愁起甲兵年。花前白袷勾秋思,雨後青山小夢仙。誰向高樓橫玉笛,晚風吹出月痕鮮。

開　窗

開窗面北山,月白山如畫。嫦娥愛丹青,此圖夜夜掛。雲烟澹似水,草木細於芥。天地正無聲,呼與山靈話。

新秋即興

洚水滔滔日夜流,漁竿無地着羊裘。不逢喪亂焉知賤,未改孤高秖自愁。鴻雁欲來千里夢,螿蛩乍語一庭秋。武夫有力人衰老,風雨家山獨倚樓。

七夕戲作長歌

吾年四十九,常恐見華巔。吾婦四十四,粉黛亦已捐。平生畫眉事,揮手謝少年。牛郎不知幾萬載,渡河猶是影翩翩。天孫此日仍下嫁,明眸皓齒今依然。不然艷色歸空亦已久,何以停梭洗車之不須臾延。烏鵲不死,河橋不湮。有美一人,姍姍來前。牛兮牛兮,亘千秋而纏綿。嗚呼彼胡爲乎天上,我胡爲乎人間?人間日以老,天上日以妍。枯海爛石不平恨,踏翻宇宙互易焉。

哀林清卿

膏蘭誠足惜,誰爲問含冤。許貢偏逢客,陸機自喪元。秋風梅嶺血,夜雨棣花魂。不是身先死,西河痛靡論。

秋　原

悠悠復歲月,及此上秋原。早晚有寒意,乾坤無静魂。愁風刪木葉,促日易黄昏。況是催人老,烽烟滿故園。

中 秋 月 下 飲

仙子飄飄出廣寒,高樓先自捲簾看。一年歌哭逢今夕,萬古乾坤遞倚欄。風葉欲飛秋瑟瑟,露珠無語淚團團。獨憐永夜嬋娟冷,倒盡金尊不肯殘。

中 秋 後 夜

秋魂無奈夜三更,自擁凉衾對短檠。孤鳥月明空戀影,細蟲風定各成聲。懶從新市賣醫卜,羞向浮生掛姓名。淪落已知愚賤日,碧窗黄葉不勝情。

遣　懷

漫道風雲起壯圖,蓬萊清淺問麻姑。會須一死他何戀,便有千秋此亦愚。尊我寧無嗤老大,讓人偏自假糊涂。秦灰漢臘空搔首,放浪江湖水上鳧。

秋 興 一 首

秋氣不可遏,秋聲凄以繁。浮雲結層陰,白日匿高原。四徑芳草歇,千林落木喧。鷲鳥呼其群,得意喻無言。南來有孤雁,徘徊荻蘆根。稻粱被郊野,毛羽肆併吞。不與凡類俱,形影空自存。月寒天一叫,聞之悸心魂。

重 九 日 作

秋山吟不盡,此日掩園靡。黄葉仍時下,青雲祗自飛。勝流誰落帽,亂事一沾衣。家與諸峰近,魂神越翠微。

中夜偶成

窺簾兔影秋光静，繞壁蟲聲夜氣寒。功業已將詩句換，屠沽真作貴人看。焚香小撲塵三斗，擁被高眠日幾竿。滄海橫流誰障得，明朝且進菊花餐。

晚　吟

野色供多病，西風静晚吟。丹山釅夕照，紅葉艷秋心。地僻牛羊古，天清鴻雁沈。我歌誰與和，鐘磬遠來音。

讀宋史感陳橋事

檢點黃袍作天子，太弟光義與光美。長樂老人又何誅，五代君臣滔滔水。攀龍附鳳屬清流，誤國千年貉一邱，君不見華歆褚淵言者羞！

買　菊

浪擲黃金曾醉春，何如老圃更相親。愁來每憶陶公趣，散去無關阮氏貧。萬國兵戎秋似鬼，一庭霜月夜傳神。干旄漫速高人駕，傲骨疏香證夙因。

生日示親友七言排律二十韻

四十九年駒過隙，呱呱墜地憶今宵。青衫文字柳三變，皓首山河唐一瓢。歷歷春風梁苑路，悠悠秋水太湖潮。陸機才大容高掌，杜牧情多為細腰。便息林泉花影悄，長圍賓客燭痕燒。壯心伏驥方鳴櫪，動魄啼鵑忽上橋。國事幾同薪火厝，臣門猶似市塵囂。指揮玉勒稱湯武，涕泣金甌讓舜堯。四望華清宮嘆息，東流蓬島夢迢遙。是何歲月蛟人淚，如此干戈蛾子朝。羨鳥飛雲嗟日暮，疲驢破帽角天驕。中原尺寸無乾净，狂寇縱橫祇寂寥。征斂重重苛政虎，親知赫赫上公貂。跨連州郡牙相錯，游說蘇張舌更饒。霸主已推曹孟德，武夫盡屬霍驃姚。乾坤想像洗兵馬，草木驚號入斗刁。生果奚爲嗤鸚雀，死真無所愧鷦鷯。

江頭但覓桓伊笛，樓上休聽秦女簫。禹鼎奸從詩裏鑄，秦灰劫向酒中消。南方極目依然亂，我亦孤魂未可招。

梅　影甲子(一九二四年)

驢背相逢瘦更親，那知花外是前身。水邊清淺宜無骨，月裏依稀似有人。四壁神仙圖細細，五更風雪喚真真。披蘿山鬼休輕訝，天地空虛共一塵。

哀傅維彬名商霖，秀才，後爲商會副會長。

荊軻轟政世絕迹，青衫偶作黃鬚客。慣向人間平不平，兩手托心心盡赤。放筆直幹思如泉，精申韓術兼歧伯。二十爲諸生，三十國變易。風雲會合起布衣，上有老母戢六翮。劍氣珠光掛智囊，鄉邦借箸紆籌策。頻年烽火滿關山，廬集饑軍變旦夕。虎必餒肉雞犬寧，徙薪曲突民被澤。孤松凌秋霜，狂言四座嚇。談笑曳奔牛，鐵槍輕一擲。何物幺麼亂乾坤，怒上衝冠聲霹靂。衆鳥嫉蛾眉，時危怨毒積。鸚鵡洲邊春草淒，埋血三年土化碧。紅妝白髮雛啾啾，萬人涕泣觀易簀。昔爲忘年交，此情逾金石。常恐多風波，蛟螭在咫尺。嗚呼死者長已矣，落月屋梁照魂魄！

由南安坑尾橋泛溪回城

漠漠溪光漾早霞，輕舟卅里好還家。山迎上客爲供茗，水咽春流自泛花。四塞風雲空擊楫，千年河漢宛浮槎。金鷄橋址依然在，淘盡英雄浪捲沙。

泉　山　吟

泉山高高雲沈沈，泉山之下戟森森。豺狼晝號鬼夜哭，傷心試作泉山吟。泉山吟苦淚似雨，泥沙黃金恣歌舞。白雪漫漫亡國花，笑倚東風春媚嫵。千畝萬畝額索供，千家萬家膏血空。爾田爾田穀汝穀，厥賦維均眼淚紅。縣符催急虐於虎，軍至青烽忍目覩。無聲鷄犬劍光寒，地慘天愁盡焦土。焦土何人返故鄉,海潮嗚咽泣斜陽。游魂怨魄悽悽是,吟到泉山最斷腸。

歷　　歷

歷歷少年事,淒淒此夜心。老來無好夢,恨極祇長吟。對月人何在?落花春又深。鴻都休問客,鈿合枉相尋。

春 夜 有 懷

曲闌花影滿庭鋪,觸緒牽愁夢也無。亂世月明兵鬼泣,知交雲散酒人孤。漢江洲畔悲鸚鵡,烽火樓頭悵鷓鴣。看盡十三年擾擾,幾曾開口笑胡盧。

初 夏 夜 成

宵短恨長夢更空,無聊心緒漏丁東。雌雄貓叫初更月,落泊烏棲半夜風。讀史狂來浮大白,送春愁去倚殘紅。阻兵何處邀非福,錯比人間失馬翁。

聽 子 規 有 感

望帝千年空怨魄,落花三月不招魂。茫茫興廢歸春夢,蝴蝶飛飛晝掩門。

晚 望 書 懷

暝鐘飄渺度遙空,淡淡雲烟樹細籠。芳草含波綠映碧,夕陽歸鳥白縹紅。乾坤末日都身外,富貴何人入眼中。狂寇更誅兵不用,角巾長得伴漁翁。

喪亂以來,躬耕無地,作隱居難篇

抱經匿巖谷,桓榮值漢衰。教授在河汾,王通當隋夷。惟不入城市,居石而友麋。峨峨鹿門山,德公偕妻兒。翩如青冥鶴,踏雲采紫芝。高揖謝富貴,長嘯蟠龍螭。而我生斯世,奸宄蔓草滋。深林嘯虎豹,破冢穴狐狸。正惟窮荒地,勝廣揭竿旗。群凶肆剽掠,有家朝露危。泣血與沒骨,天帝罔聞知。昔日桃花源,漁者不可期。自非南浮海,否則無立錐。嗚呼盜世界,瞻烏爰止誰?

飲 酒 一 首

　　回首如隔世,傷心惟一老。束縛迷網中,富貴復草草。天地且干戈,形神漸枯槁。常恐塵與灰,學仙苦不早。悠悠曼倩桃,寂寂安期棗。坐此待蓋棺,令名博壽考。縱然白頭顱,偃蹇而顛倒。不如翩翩年,顧影良自好。哀哉日黃昏,飲酒以爲寶。

中夜吟詩偶感而作

　　古音世不諧,其如中鬱紆。感時胸臆盡,索句肝腸枯。疏篁湛清露,百蟲紛笙竽。希聲具妙理,元化無停趨。六合浩無極,寧長留余軀。肉骨黃壤朽,萬事後人圖。惟此血所灑,濡爲明月珠。苟或嗤吾拙,天地一鷓鴣。

五月十日偶興

　　悔作當年國士雙,飄零身世酒難降。漸教星老依南極,豈爲風多臥北窗。黃雀空城誅寡婦,蒼麟無路托危邦。何時得似嚴灘叟,五月披裘釣晚江。

憑 欄 即 景

　　長日邱樊早掛冠,松篁多處獨憑欄。畫雲偶染天裁絹,過雨時聞石瀉湍。數到蜻蜓偏解舞,打開蝴蝶又成團。紅塵劫火三千丈,炮虎烹龍一笑看。

待　　旦

　　憑窗延爽氣,萬象尚烟籠。片月生殘夜,孤星殿遠空。僧鐘千樹外,鬼火五更中。因嘆饑驅苦,飛飛鳥向東。

　　　鄭延平焚青衣處在南安縣學口,石爲知事馬振理立。

　　武榮州外山川好,九日峰迴溪環抱。禾黍中原幾廢興,有石穹然立大道。

上書延平焚青衣,二百餘年事探討。在昔有清初入關,漢兒無數盡低顔。降臣已拜三王爵,先帝空悲萬歲山。隆武東班南安伯,擁兵跋扈閩海間。最憐薙髪事新主,遼左羈留去不還。北望幽燕明社屋,公子時着諸生服。逃禪有恨方密之,棄儒又見鄭大木。火未成灰劍已横,百戰風濤罔臣僕。迄今厦島水操臺,故壘蕭蕭鬼夜哭。壯哉延平古所無,英雄何必不是儒。精靈爲化詩書腐,光焰長留天地枯。天地縱枯石一片,行人下馬淚如霰。

夏旦漫成

羽扇風流名士妝,集靈臺上乞瓊漿。圓珠顆顆荔支熟,種玉家家茉莉香。鳥語雙來孤枕覺,樹陰萬叠小窗凉。中原麟鳳知多少,却是高歌署老狂。

補次龔紹庭孝廉五十感懷詩四章

落拓青衫校一年,故宫回首總雲烟。移家每羨關中顧,作客常依島上田。王謝衣冠推獨步,東南山水證前緣。鄉邦今日亂離甚,天外冥鴻嘆杳然。

其二

三藩曾此溯康熙,閩嶠興亡半局棋。已道鳳鸞終宿葉,最憐烏鵲更無枝。千秋正則悲蘭佩,九日淵明採菊籬。同是飄零君健在,臨風爲把酒盈巵。

其三

十州踪迹兩暌違,城郭人民忽已非。蠆尾傷心空太息,虎頭食肉始能飛。神仙長住桃花古,烽火難歸蓴菜肥。料得寓公驚世變,幾回歌泣弔斜暉。

其四

羈旅天涯根觸多,巫陽無語慰蹉跎。橋邊賣卜腸應斷,壁裏傳經鬢已皤。巢燕自安鄭俠拂,聞鷄不枕劉琨戈。滄江嘯傲垂垂老,莫向樽前唤奈何。

王幹臣同年五十徵文,書此奉寄

洛陽才士早朝天,枉把知非共此賢。星斗北垂雙折桂,旌麾西去獨看蓮。

紫鸞詔重乾坤外，赤鳳巢高日月邊。一事鄉關堪踵武，文忠急憶道光年。

病夜書感

苦憶江天白露霏，素心人遠事依稀。病同風雨因秋至，愁共乾坤入寇圍。欹枕那堪鷄欲曙，携囊難與雁俱飛。亂離滋味真嘗遍，敢望沈生腰帶肥。

仲秋感江浙戰事

烽火天邊急暮砧，愁予渺渺思難禁。春秋吳越英雄壘，淞滬風雲割據心。盟血何曾乾息壤，羽書應是出華林。銀濤八月聲悲咽，揚子錢塘兩淚深。

悲落葉

北風昨夜起西園，落葉滿地胡紛紛。花謝水流同薄命，空山怨月不歸魂。此時斗憶三春暮，繁枝一色綠無痕。春去秋來容易過，獨留枯幹還乾坤。榮華富貴空如此，樵牧焉知諛墓文。君不見金張七葉終安在，餘子沐猴何足云。

五十感懷七律四首

墜地號咷入世悲，蓋棺留恨斷腸詩。金臺屠狗英雄起，銀海翻鯨富貴移。尚有乾坤千日酒，不堪寇盜五經兒。後生多少稱前輩，馬齒傷心近死期。

其二

何須蘧子始知非，壺底雙丸劫劫飛。龍尾聲無名士價，虎須危不武人依。九州錯鑄燈前淚，一世秋消帶上圍。大器若教真晚就，磻溪好與覓漁磯。

其三

丁年衣馬憶江南，拂袖匆匆靜裏參。白下游踪哀庾信，渭城舊曲唱何戡。迷離楚岫無消息，寂寞齊髡誰笑談。謝得天公頻與歲，春來且自挈雙柑。

其四

銅駝淒絕故宮餘，半壁高樓似謫居。紫綬但聞軒鶴佩，《黃庭》未解換鵝書。家山鼙鼓思浮海,風月梅花戀故廬。莫嘆朱顏明鏡老,老夫還是老人初。

由安海至廈門舟中

昨夜安平鎮,荒雞到枕邊。壯心無奈老,往事復流連。急鳥渡闊岸,孤帆上遠天。飄飄游子意,落日鷺門烟。

至鼓浪嶼

爲訪桃源人,扁舟作漁父。哀哉古閩疆,剩此乾凈土!

由嶼渡小船至廈

大江浮一葉,胸際杳然空。篙師無停櫓,容與中流中。是時天宇澄,微微水上風。白鷺忽飛没,各自逐雌雄。徘徊瞻兩岸,重樓峙仙宫。仙宫不可到,兹游蓬萊東。

游鼓浪嶼日光巖,因登鄭延平王水操臺故址

平生願與着袈裟,稚子閑携訪法華。碧海江山一抔土,紅墻樓閣萬人家。藤蘿絶壁西風緊,鐘磬來時夕照斜。莫惹興亡多少恨,八旗龍虎已蟲沙。

全家寓鼓浪嶼值除夕

忽忽過殘歲,隨人夢一場。乾坤開別島,風月認他鄉。此樂非吾土,無愁且引觴。笑歌妻子在,作客未爲妨。

半邨詩集卷三 乙丑至丙子(一九二五至一九三六年)

春夜不寐乙丑(一九二五年)

春深花草香,水暖池塘净。青燈迥不眠,寥落成孤咏。鯨鯢未誅烽火高,短歌當哭哀吾曹。子規啼血萬籟定,暗透紗窗相和應。

初夏夜吟

坐覺微雨歇,疏鐘來遠山。蟲聲喧鳥夢,螢火出花顏。形影互爲友,干戈且閉關。近來疏懶甚,詩稿不曾删。

又四月一日

浮萍江漢一身輕,老去園林卧長卿。富貴每從花裏看,亂離但向草間生。架翻白苎閒歌咏,簾卷青山半雨晴。緑葉更憐深處好,隔窗盡日鷓鴣聲。

少　壯

少壯一回首,兵戈萬劫身。浮雲閑送日,孤月語何人。白璧生難玷,黄金死亦貧。昆明灰劫後,魚鳥最相親。

夏日遣懷

過去悠悠草木同,偶游塵世作山翁。閑情野鶴孤雲外,小夢圓荷細雨中。不遣生兒如李亞,相期偕老似梁鴻。飄蕭病骨難耽酒,雙頰無因一醉紅。

悼林秀山

武夷天下勝,君是此間生。應有山川氣,長爲南北行。茶香隨客泛,花韵坐人清。親見蓋棺日,交游浪得名。

中秋步月

仰視青天上,悠然開片雲。秋無今古別,月有漢秦分。瘦影千蜂落,寒聲一雁聞。也知辜良夜,吾道正離群。

秋夜即成

冷落空山黃葉殘,雁聲蟲語擁輕寒。不堪愁向西風裏,吹到心頭一陣酸。

冬夜感懷

此身應是伴樵漁,垂老何須嘆索居。靜處便於仙佛近,醉鄉真似地天初。清霜驚蝶三更夢,明月寒蛩一古廬。看到鬚眉容易白,孤燈渺渺正愁餘。

伍壽生五十自壽二律詩次韵

濁世浮名屬子虛,早從靈素覓奇書。功曾三折誰如汝,慧莫雙修不解余。遠水乘槎滄海隔,秋風落葉故人疏。苹蒿爲想先朝侶,剩有臥龍諸葛廬。

其二

梅花石畔幾光陰,翹首停雲共此心。故國烽烟悲判袂,髫年文酒憶痕襟。千秋事業方中秘,一曲家山夢裏尋。去歲相逢今歲別,鷺門江水比潭深。

不寐中夜有作

輾轉不成寐,低徊復自吟。雞聲知夜盡,蟲語怨秋深。功業他生夢,河山故國心。明朝試覽鏡,怕見二毛侵。

酒後夜步庭前

興來不覺醉,顧影在春前。霜急鳥自叫,月寒人未眠。敝廬支野幕,短鬢入殘年。獨立無言語，梅花開半邊。

游高原 丙寅（一九二六年）

鞅掌空嗟俗慮生，高原開拓舊時情。片雲低處溪雙出，深樹來時鳥一聲。落日不回天地死，冶春難俟海河清。惟憐芳草沿堤綠，閑與兒童緩步行。

晚　　晴

芳草滋昨雨，澹雲開晚晴。花深蜂抱穩，風細燕來輕。暝角初低戍，春嵐半壓城。荷鋤栽小柳，他日號先生。

暮春夜作

落花此時節，杜宇劇悲辛。風雨殘燈夜，江山故國春。百憂空似水，一老不如人。尚有詩歌在，南州號子民。

寓黃氏別墅

疫癘干戈後，妻拏羈旅中。鳥啼初歇雨，人立乍涼風。池靜孤亭在，山荒老樹雄。此時正愁絕，歌思與誰同？

秋夕感事

殘葉隕西風，雲山黯淡中。萬方堪雪涕，諸將又興戎。冷鐵檣淒馬，寒沙渚咽鴻。夜長計更短，抱得此心恫。

霜　　夜

北風忽不作，明月浸欄杆。大地山河冷，一天星斗寒。催人歲又暮，狂寇寢難安。欲覽遼東住，扁舟去路漫。

春夜偶成 丁卯（一九二七年）

冷雨疏燈把卷看，浮生哀感總邯鄲。文留碑版虛千古，功擅侯王蓋一棺。

烽火不傳酣夜永，酒杯難放度春寒。蓬蒿老去逢多難，煨芋無勞說懶殘。

讀戰國策

詐術相尋六國間，百餘年戰血痕斑。已教猛將封函谷，可奈孱王入武關。兩字縱橫空抵掌，一生妾婦枉低顏。當時若守蘇君策，嬴氏終爲大長蠻。

齊景公

吾愛齊景公，牛山能隕涕。千古笑其愚，彼實大智慧。果使棄位逃，學佛可出世。凡人處富貴，清明物欲蔽。華屋醉聲色，誰復爲死計。秦皇與漢武，自謂千萬歲。方士求神仙，永作人間帝。天命苟不常，血肉螻蟻噬。悲哉丁令威，化鶴歸何濟。

春愁

昨晴雷雨草萋萋，閑拾飛花自醉題。欲把春愁關得住，有誰禁却子規啼。

小園漫成

裴令已無墅，謝公終有墩。好山常繞郭，多樹恍成村。識字今生晚，狂歌一老尊。從無三尺劍，何以立乾坤。

春盡

江山冉冉痛前塵，綠葉紛紛草色新。便道百年真作客，每逢三月倍傷春。日遲蝴蝶夢疑我，雨暗子規啼徹人。記取禪宗堪慰藉，世間解識去來因。

雜詩

有鳥南向飛，忽焉遭雉羅。禍福變旦夕，弋者且高歌。聽彼宛轉呼，惻惻莫奈何。荒林少友聲，喑啞懼風波。胡不慎飲啄，在山泉水多。胡不逝東海，振翼覓新窠。一身既自誤，寧用論其他。湯網苟有幸，生還盼巖阿。

哀蘇仲濂名式源，秀才，後以法政，爲律師。

沙蟲生命賤如毛，雛伏床頭不敢號。未必罪言同杜牧，如將匕首假荆軻。魂歸更劇南冠繋，血濺當時北斗高。誰掬青衫兩行淚，悲凉一爲誦離騷。

冬　夜

倚枕忽無夢，挑燈欲展書。野風吹漏轉，寒月墜窗虛。骨瘦與山近，腸愁令髮疏。比雲心更懶，知卷不知舒。

晚立，距古曆歲除僅七日矣

風定雲不流，天空鳶飛嘯。歲晏日易徂，孤影成獨笑。

小　除　夕

竟夜妖星閃，嚴城白日扃。山林仍走險，水火是生靈。烽起遠嵐黑，燐棲死鬼青。今宵小除夕，父老淚雙熒。

讀史記秦漢之際二律戊辰（一九二八年）

阿房宮火祖龍傾，四塞山河起戰爭。霸主一時威項籍，降王千古拜田橫。長教郡縣夷封土，已見椎埋替世卿。七國遺黎舂肉骨，臣佗稽首盡銷兵。

其　二

沛上真人已入關，宮中鹿馬尚朝班。早知玉璽歸亭長，枉自金符祀泰山。魚臭沙邱仙縹渺，狗烹鐘室淚潺湲。如何芒碭占雲氣，悍后當時豈等閑。

酒後漫作

金丹莫染白髭鬢，千古英雄攬鏡吁。到底儻來何所有，若論歸去不如無。

銅龍夜漏醒蝴蝶，石馬春墳咽鷓鴣。天地茫茫應涕下，酒杯風月覓吾徒。

幽　興

西日崦嵫去去忙，誰於逆旅不還鄉。有生幾遇杯中月，無意相逢鬢上霜。流水桃花思爛熳，春風燕子語周詳。撫時感物關幽興，收拾乾坤貯一囊。

春夜言懷

不才如此世，殘夢幾何年。花氣留春永，鐘聲帶月圓。驥終悲伏櫪，魚不羨臨淵。風鶴但無警，酣歌足醉眠。

聞雞鳴有感

雞聲喔喔催日出，殘月西歸没更疾。日月本極陰陽功，乃在雞聲號令中。哀此人類靈何有，名利孳孳醉如酒。百年瞬息骨血枯，化爲春風哭鷓鴣。

暑　夜

側身倚空闊，臥室繫虛舟。獨鳥叫深夜，百蟲哀早秋。人稀環樹密，月暗見星流。寂寞揚雄宅，青燈自寫愁。

秋夜排悶

草木都搖落，秋聲夜夜高。天猶留故老，世已厭吾曹。孤雁九天月，哀蛩四野濤。何時逢漁父，相話武陵桃。

殘秋晚眺

搔首乾坤外，悲風一嘯吟。秋聲殘葉碎，山色暮鐘深。獨鳥去天盡，寒雲竟日陰。菊花自不俗，濁世愜芳心。

陳幼輿六十

雛鳳飛飛號二難，天留碩果與人看。一生弓冶傳衣鉢，千里交游識劍冠。

賣去文章司馬賦，歸來江海老漁竿。桐陰更續先芬句，斫地歌聲興未闌。

春日有會而作己巳（一九二九年）

七十猶稀況百年，偶逢佳麗可人憐。春銷二月詩歌外，酒入三杯桃李天。華表縱歸終化鶴，空山有恨枉啼鵑。夕陽未許黃昏近，滿目繁英藉草眠。

一峰橋晚立

漠漠炊烟向夕起，千山萬樹綠於水。無情芳草那知愁，雨後鵓鳩啼不止。

至李仲青故居，道經吳秋曇處，二君下世久矣，愴然有感庚午（一九三〇年）

迢迢卅載憶前塵，不見當時舊主人。猶有兩家衡宇在，菜花開遍故園春。

擬山居二絶

桑樹常陰屋，桃花近傍溪。樵歌出深谷，落日和猿啼。

其二

醉月夜眠石，著書秋掩扉。閑尋紅藥去，靜看白雲歸。

數年來，入夜即睡魔大作，近皮膚熱癢，展轉不寐，書此辛未（一九三一年）

沈沈此春夜，寂寞度殘更。四壁溶花氣，千林走雨聲。豪狂仍使酒，悔恨不知兵。搔盡麻姑爪，悠悠夢始成。

早起

雷聲間雨聲，昨夜夢魂驚。曉起望山色，烟光半滅明。鴛鴦拍拍飛三五，樓外一湖春水生。

月　夜

月明如水我如魚，游泳空階自卷舒。行到忘情仍獨立，滿庭花木影扶疏。

立　夏　夜

綠榕青竹好幽棲，明月三更出樹低。詩思每防蝴蝶夢，春愁爲聽杜鵑啼。生因遲暮悲花草，死亦荒唐印雪泥。展轉終宵眠復醒，不堪曙色汝南鷄。

晚晴，去春盡三日，用晴字韵成古詩一首

積雨苦朝暝，夕陽開晚晴。明霞麗天末，炊烟曖曖生。環視諸草木，蔥茜欣向榮。百鳥樂其樂，引類相呼鳴。蜂蝶不自小，舞影復歌聲。因嘆造物大，含氣紗紛呈。昨日紅紫者，飄飄盡落英。沾泥與墜絮，已矣若無名。彼此僅一時，榮枯判重輕。喟然發長嘯，青山雲外情。

偶　感　賦　此

廿年海内沸兵戈，息影銷聲奈老何。姹女無丹調水火，黃公有酒邈山河。飛花滿眼愁三月，香草憂心唱九歌。莫向銅駝問遺事，五雲宮闕夕陽多。

蜀　先　主

策馬破黃巾，戎衣老此身。益州基險沃，諸葛托君臣。北伐方謀賊，東征誤失鄰。淒淒巫峽水，望帝哭夫人。

劉　後　主

誰道君王闇，惟憑丞相專。漢家終不振，宦者豈真權。徒失西歸計，能生北地賢。暴如孫皓比，景曜已無年。

長　日

長日空堂咄咄生，篆烟縷縷織愁成。難回往事海清淺，欲告何人天雨晴。

作客山寒青劍石，游仙夢斷赤霞城。轆轤心緒無由定，懶向紗窗聽晚鶯。

偶步有感

蓬蒿滿徑此時愁，獨上高原休便休。雲裏綠榕歸白鷺，雨中碧草喚青鳩。鐵函無字如心史，石碣他年但首邱。蓑笠相逢誰慰藉，山川四顧自夷猶。

六言二首

謝傅東山絲竹，孔融北海朋樽。破賊居然藉手，覆巢何處歸魂？

其二

太子偏成羽翼，為姑寧立廟堂。貽誤漢家商皓，再興唐室遂良。

初夏晚坐

蛛絲織暝色，螢火出昏林。茉莉花嬌妮，芰荷葉浮沉。感彼物候異，春去渺難尋。新月照我室，悠悠懷此心。髭鬚皓然白，抱膝發孤吟。

午睡後偶作

花環樹密靜如村，啼鳩聲聲深閉門。富縱可求心未好，貴雖在相背難言。生虛一撮司空冢，賦就三弓庾信園。小閣沉沉酣午睡，消磨白日任黃昏。

重至圓常院

久別又乍過，招提近若何？晚鐘僧梵少，亂葉佛堂多。鳥雀喧長晝，枇杷蔭密柯。欲尋前住錫，西去沒巗阿。

深秋感事

風烟黯淡我心摧，東望河山百感來。白草素雲天地髮，黃花紫蟹古今杯。葵邱有會空盟血，范蠡何人是霸才。欲請長纓羞短劍，蕭蕭落木不勝哀。

讀宋九僧詩

九僧山海隔，宋代以詩名。繪月定中性，彈雲弦外聲。一鐘毛骨冷，五字肺肝成。湘雁巫猿者,空聞嗟怨情。

月夜聞北風有感

寒月三更冷,悲風萬竅號。樹疏明鳥雀,野静挾風濤。妙藥心惟静,扁舟計最高。祇今湖海氣,減却少年豪。

桃花曲壬申(一九三二年)

高樹低樹桃花血,中有李花白如雪。君看紅白蔚奇光,一笑春魂春艷絶。桃花李花手所栽,歲歲春風花爲開。花開花落吾老矣,愁向花前醉幾杯。

元宵舊節感作

旗亭空寂寂,酒罷不思眠。春月圓今夜,園花爛去年。河山魂戰伐,將士血戈鋋。北望申江上,妖星火樹燃。

元宵步吟

月色涵中天,花枝影滿地。今夕是何夕,千秋陳百戲。欲寢還徘徊,春風衣上吹。即此暗香來,殘梅開一二。

春夜對月

明月忽暗淡,中庭微雨來。雨歇月又出,浮雲青山開。閶闔排金銀,花氣滿樓臺。

春雨偶興

又作連朝雨,山居入畫圖。白雲低似幕,碧草染於湖。晝静惟臨帖,春寒尚擁爐。晚晴如可弄,倚樹鳥歌呼。

重至永寧登鸚山

此地永寧衛,重游二十年。風塵新軷軩,朝邑舊山川。沙鳥依林囀,罾魚入市鮮。海波澄似帶，春色滿雲烟。

清明偶成

滿山烟雨哭杜鵑，任是神仙也黯然。我便舉杯開口笑，何生何死問青天。

自先兄祐安之亡，鬱悒無歡，距今二月餘矣，因成五詩，以當一哭

父亡吾最幼，賴汝早成名。夜織依歐母，春華見賈生。靜中袪嗜好，絶頂拜聰明。安得揮戈返，聞之老淚傾。

其二

硯田收薄穫，弱冠爲人師。霄鵠豐巢羽，文蠶吐筆絲。乍衰潛肺病，多難印心悲。楚國諸弟子，招魂未有期。

其三

八歲從呷誦，曾無呵叱聲。孺雖云可教，德亦仗能成。石玉相師友，泥金寫弟兄。蓋棺分手日，白髮不勝情。

其四

悔進參苓晚，鴒原想像遥。談言儕野老，遺逸數先朝。落紙華亭腕，入山彭澤腰。西州尚痛哭，同氣更無聊。

其五

形骸歸空幻，嗟餘夢亦痕。孤兒同況味，亂世共生存。風雨聽無淚，塤箎奏有魂。古稀天靳一，數定欲何言。

秋日孤館遣悶

九月西風四野凉，天高氣爽露爲霜。老如遠道將旋里，病但關門自檢方。何物死生鬚盡白，無情消息葉偏黄。今年秋比他年瘦，孤雁天邊又斷腸。

秋夜中庭獨立

秋色明月光，秋魂露華濕。不恨衣裳單，顧影中庭立。乍聞丹桂開，風香撲

鼻入。清氣沁肺肝,俯仰自呼吸。彼蟲鳴其鳴,云樂非啜泣。放懷萬古間,神仙不可及。

夜宿南安洪瀨,月下望雪峰

夜色千山里,高樓見雪峰。天懸今古月,寺隱暮朝鐘。溪落灘聲靜,秋深露氣濃。蘧然酣睡覺,初日滿芙蓉。

殘秋病熱,迫歲未愈,困頓床褥,微吟以當藥石

二豎苦三月,侵尋老骨支。洪爐心煮血,寒雪鬢催絲。念滅一僧定,湯嘗百藥知。梅花開滿屋,愁負早春期。

舊曆除夕前三日,夜吟於病榻

臥聞犟室笑喧譁,勿藥未占舊歲華。不是寒風凌瘦骨,故應扶病看梅花。

舊曆除夕,倚病口吟

爲歡未許挹清尊,病怯寒威布被溫。三月不知惟藥石,一年又過爲兒孫。難乾蠟燭燈前淚,空繞梅花樹上魂。笑向老妻翻慰藉,瘦松癯鶴仗天存。

即　景癸酉(一九三三年)

荷葉滴玲瓏,煩襟向夕空。鷺歸微帶雨,燕舞不因風。雲斷山浮翠,花深徑笑紅。何時仍老健,游興海西東。

晚立同蓮寺外,聽優婆夷課誦

金石苦流鑠,蓮花悟暗香。天長遲日落,地迥待風涼。梵語歸空寂,鐘聲入混茫。相過殊竹院,話道恨無方。

聚飲觀東別墅,倚欄有觸

向生聞笛奈愁何,室邇人亡感逝波。問病那知將易簀,零魂斷魄邈山河。

61

中秋前月下

明月光如此，清輝生薄寒。秋心誰弄笛，夜色一憑欄。冷蝶花沈夢，哀蛩石瀉湍。愁多眠不得，好伴素娥單。

中秋夜寓永寧

今夜中秋月，團圓照海濱。近鄉偏作客，有酒不愁人。涵影迷天水，招魂問漢秦。巍然關鎖塔，燈火點時新。

惠安林節母詩

節母真茹苦，孤兒未報恩。艱難經歲月，涕泣念生存。白石春花淚，青山墓草尊。今無哀死鬼，覆水滿乾坤。

九月洛陽橋觀潮

海門東望勢重重，漢決河傾撼衆峰。猛挾千軍成鸛雀，光搖一綫走蛇龍。雷霆咫尺青天破，烟雨迷濛白馬從。若把錢塘江並論，秋聲試聽道邊松。

壽 菊

荷花六月傳生日，傲骨誰能似此公。願借神仙杯酒裏，長留天地晚香中。一星南極秋心白，千古東籬夕照紅。彭澤已甘晉遺子，莫拋陶令劫霜風。

古 鏡 詞

天地秘奧山藏精，青銅奕奕發古靈。光怪陸離千載物，遂令妍媸好醜無遁形。伊昔秦宮有一鏡，日月光華山河映。項羽入關火阿房，剝落兵燹少乾净。此鏡是歟抑非歟，爲周爲漢後先間缺書，但見秋水涵遠空。但見玉盤掛天中，美人一笑胭脂紅。鏡乎鏡乎果何時，含英放彩問鏡鏡不知。干戈閱盡興亡淚，羅月空餘士女詩,鏡乎浮沈滄海爲汝悲。

與含芸登永寧董氏樓

海風吹我衣,秋色浮天地。落日俯平波,客心生畫意。

南安蘇貞婦徵題

青春苟有懷,下堂忽離異。連理未交柯,於死非不義。字蘇尤氏姝,松柏當霜翠。痛苦撫嗣孤,識面鬼魂至。其澤根詩書,此志塞天地。嗟哉秦樓簫,胡爲鳳三二。

增脩洛陽橋落成

長橋三千六百尺,其下光怪蛟螭宅。蕩蕩於今數百年,閃電奔雷無阻隔。鞭龍叱石開拓功,繼長增高謀衆同。七月星河資靈鵲,九秋風雨叠垂虹。周道如矢寬更坦,摩肩擊轂歌緩緩。是誰噓氣涌樓臺,驚起馮夷汗額滿。海天極目浪滔滔,中有白馬挾銀濤。憑闌縱論今古事,前者偉大後賢勞。丹菊黃蕉奠祠宇,蠣房釃酒醉且舞。雄文傑字蔡公碑,吾父之書亦踵武。閩粵驅馳度此關,他時事業重如山。碧波紅日交輝映,莫但征人利往還。

九日山弔韓冬郎三絕 限江韵。

金鷄橋下水淙淙,宛似孤臣血滿腔。太息中原長樂老,黍禾哀怨肯心降。每痛五經心叵測,誰遷九鼎力難扛。雲烟變滅風帆過,爲想幽憂倚晚窗。凍雀猶依父母邦,空携詩篋渡閩江。天南留與漁樵説,俠骨閑情世少雙。

秋 草 二 首

滿地西風寂寞時,踏青遺迹尚離離。鳴蛩啜泣清霜恨,冷蝶無家細雨絲。野火高原難盡燒,斜陽古道暗生悲。黃雲隱隱遮山谷,妬殺明妃冢上奇。

其　二

誰向天邊雨露施,江南春色似紛披。可憐驛路香無韵,寧復王孫歸有期。落葉飄零鴻雁老,寒山憔悴鷓鴣知。憑君莫續離騷句,已矣美人空楚詞。

愁　思

負手行歌去,高原倚暮霞。天留秋後雁,雲映日邊鴉。徑曲虛松影,村幽鬧菊花。河山休舉目,愁思入兵笳。

補壽楊景賢同年五十

玉立更長身,堂堂迥出塵。苹蒿雙國士,花木一閑人。教授文中子,行藏周子民。相期保黃髮,共此星之晨。

補壽永寧蔡梅舫五十

年來幾度見君詩,今歲秋風晤面時。羅隱江東名下士,沈淪身世却深悲。作客洪都度歲寒,衙官幕下別親難。九江我亦舟經過,輸爾滕王閣上看。舉家濱海食鱛魚,韋布悠然讀素書。天地兵戈何所恨,無能當日竟何如。

冬日自遣

霜雪未曾侵,寒雲向日陰。殘山無落葉,荒野有哀禽。佛法歸平等,達人渾古今。吾生厭飄泊,莫羨武陵深。

紅　梅

買盡胭脂占滿山,冰肌玉骨別爲顏。千林楓葉春難比,一笑桃花夢不還。驢踏明霞聲得得,鶴歸殘照影姍姍。倘過鄧尉相問訊,丹訣何因落翠鬟。

冬　至

幽棲成獨境,冬至百花殘。無我雀投食,依人貓怯寒。風雲隨變幻,霜雪入悲酸。上古穴居事，於今策似安。

清明前雨中作甲戌（一九三四年）

東風幾日近清明，病後光陰幸再生。螳臂已殘烽火靜，鼠肝無用夢魂驚。山河草木哀新鬼，烟雨樓臺畫故城。好是黃鶯偏解事，向人不作斷腸聲。

立峰抄示嶺南佩蘭孤兒行書三絶以致

履霜凄惻退之詞，中野無人語者誰？河滿一聲長短句，孤兒更比棄兒悲。

其 二

泣雨驚風句讀難，故留幽徑與人看。世間多少孤兒淚，攝取江河瀉筆端。

其 三

夜月哀猿巫峽鳴，墨耶血耶不分明。若教老嫗都能解，天下孤兒白骨生。

書明史秦良玉傳後

脂粉叢中無劍光，後宮習戰聞吳王。木蘭荷戈非大將，黃天擊鼓紅玉梁。蔡謝上官花蕊，坤靈泄秘才挺特，流芬歌咏在詞章。前有紅綫女，後有呂四娘。絶技驚人處，三軍爲我張。搴旗行陣，躍馬沙場。肉賊啖糜，血賊飲漿。狂寇七尺魂飛揚，桃花顏色寒雪霜。嗚呼秦良玉，神州風雨鬚眉僵，掩卷太息悲滅亡。安得奇女子，報國慨且慷，氣作山河壯漢疆！

題許節母吳氏

七旬終老母，六月托遺孤。況又撫猶子，寧惟慰故夫。形容枯石化，涕淚藥天痛。農父於今道，春田哭鵰鵠。

夏日聯歡社小集

舊雨兼今雨，晴雲間淡雲。窗虛容北卧，檻曲倚南薰。談笑驚天語，風騷墜地文。緑陰映白髮,旗鼓看吾軍。

金絲蝴蝶二律

飛向燕昭臺上經,嫣紅姹紫兩忘形。蹁躚有恨迷春雨,歷落無情閃曉星。貧女低鬟妝燦爛,仙人迴枕夢忪惺。雙雙不度牆東去,留與床頭傲素馨。

其　二

滕王圖裏畫精靈,乍染鬚眉種小萼。月下跚跚呼緑萼,風前栩栩寫黃庭。五銖衣服花能舞,六代江山粉未零。香國叢中長富貴,莫將顏色誤蜻蜓。

謝皋羽挾酒登子陵臺,以竹如意擊石,作楚歌

崖門嗚咽鬼夜哭,蛟螭爭攫趙家肉。丞相骨歸何處鄉,冬青樹老宋社屋。富春之山山高高,富春之江江滔滔。危峰仄徑無人迹,胡騎四偵羅不得。南八恨不睢陽俱,湘水招魂弔大夫。酒亦爲之醉,竹亦爲之淚,石亦爲之墜。楚歌一歌歌莫哀,楚歌再歌悲風慘慘日死灰。魂兮歸來子陵臺,雲車桂旗空徘徊。虜仇何時雪？噴天五斗血！忠義盡亡國,肝膽成決絶。中原男子不俱死,會有元璋帶甲起。

柳如是以下五題俱五絶二首。

有美如斯水,當時殉國心。解人不解事,紅豆絳雲深。

其　二

從容能弭難,悲憤爲酬恩。知否深於海,黃泉愧魄魂。

顧　媚

有幸博夫人,無勞怨貳臣。畫蘭一枝筆,壓盡江南春。

其　二

笙歌上壽日,富貴更風流。等是尚書妾,傷心燕子樓。

董　白

居静偏依水，妝成弗禦鉛。美人花細比，是菊是青蓮。

其　二

盡道椒房寵，紅顏始入關。影梅哀語在，香冢證家山。

卞　賽

流落江湖去，諸侯擅後房。色身未懺悔，枉事道人裝。

其　二

遁老又歸釋，阿彌合掌陀。空教吳祭酒，爲汝作琴歌。

李　香

豚犬荒新宮，燕鶯催舊院。王孫不歸來，血灑桃花扇。

其　二

雪苑推名士，興朝誤副車。如何折桂客，不似女貞花。

曹孟德贖蔡文姬歸漢七絶二首

霜寒月冷馬蹄冰，氈幕沈沈隔幾層。若使紅顏仍駐世，他年風雨哭西陵。

其　二

抛却胡兒別虜庭，玉關生入路曾經。昭君寧有南飛日，孤冢空留塞外青。

次社友吳元甫有感韵七律四首

髭鬚白盡悔繁華，回首蓬萊好夢賖。夜雨草詩名士壘，春風花譜野人家。兒孫牛馬絲中蛹，今古龍蛇紙上鴉。賣卜逃禪何事可，天南一老繫匏瓜。

其　二

蕭蕭宦迹近長淮，七日江南意興乖。欹枕看雲峰不惡，疏鐘敲月寺良佳。

依稀城郭鶴歸表,寂寞園陵鹿掛牌。贏得頭銜書故國,乞文銘墓石長埋。

其　　三
波翻浪譎水流淙,板蕩中原怯渡江。四皓威儀綺裏季,一家隱遁德公龐。人稱魯殿心滋愧,客遇齊髡氣盡降。長日閉門堪慰藉,當階蘭蕙蒂雙雙。

其　　四
誰讀孫吳數卷書,貔貅赫赫擁儲胥。懶依大樹行間去,愛向百花深處居。弭亂雄才推孟德,酬恩俠士拜專諸。憶從病榻驚烽火,搗藥寒霜過小除。

塔後陳母壽詩
阿保殷勤視比兒,先芬抗直德留貽。乘風萬里蠻花路,愛日三春寸草詩。白髮不增歡笑後,青燈却憶抱攜時。翠屏山下行人說,如此深恩母也宜。

幽　　曠
幽曠挹高原,黃昏恣游眺。家家香雪中,茉莉花如笑。灌園罷桔槔,市釀歸殘照。屏山翠滴衣,簫韶百蟲叫。深碧出四野,螢火放宵耀。借問桃源人,何似此間妙。

夕霞有觸
霞光散滿天,夕鳥紅如許。白鷺故故飛,歸歟吾與汝。

吾　　家
吾家長住綠陰間,老圃老農時往還。種果才成頻過鳥,賣花無計獨看山。一經佛理消煩惱,萬劫人生付等閑。幸有北窗欹枕臥,放歌白日掩柴關。

曉　　起
明月正離樹,涼風吹又低。星河初過雁,村落尚鳴雞。攬鏡餘鬢髮,殘山入鼓鼙。莫嗟生事拙,烽火望天西。

長　日

長日如癡醉,希夷祇好眠。此身同朽木,孤枕小游仙。魂魄無餘子,乾坤不計年。鳥聲偏喚覺,濁世起雲烟。

初 秋 自 感

幾度秋風感歲華,空山落寞且爲家。死從黃壤敲詩鉢,狂向青天泛酒槎。一世情懷迷夢蝶,五更心事問啼鴉。蕭疏金井催吾老,痛絕棋枰着子差。

中 秋 前 三 夜

微雲河黯淡,小雨月朦朧。秋氣凌霄隼,愁心入塞鴻。生殘天地贅,夢短古今空。獨有茫茫恨,吁嗟未了翁。

中秋,發社諸老友同游雙江,是暮,由浯江舟至笋江

同社逢佳節,飄飄共一舟。溪聲明月渡,山色夕陽樓。樹出洲浮岸,潮生棹溯流。酒杯休棄擲,認取是中秋。

月上,自笋江迴舟,口號二絕

蒹葭深處棹歌回,嫋嫋西風去去來。秋色不知人已老,故將明月勸銜杯。

其　二

談心促席恍登仙,十里平波點野烟。醉極欲呼明月問,廣寒今夕是何年?

雙江泛月五古

天水湛虛空,秋魂迸月魄。呼舟聯襟袂,今夕是何夕。斜陽正返照,樓閣涌朱碧。臨風發浩歌,酌酒笋江石。玉盤掛東山,大塊渾一白。鼓棹賦歸歟,思危計亦得。風來潮有聲,水去月無迹。有時月到處,銀波炫金液。容與乎中流,四

山乍送逆。蘆花響蕭蕭,沙鳥鳴格格。相對古鬚眉,如此江山客。歌舞萬千門,豪華悲形役。

雙江泛月七古

秋風瑟瑟秋正中,秋月明明東海東。同舟九百卅餘歲,一十五人十三翁。篙師直指笋江路,去去來來秋江渡。秋山畫月屏皆青,秋江搖月練如素。清紫之影倒三更,金鷄橋下水有聲。咫尺烟波行未得,歸帆空聽夜潮生。有酒有酒卮似斗,散髮問天月知否?江山如故月當頭,富貴何爲(如)杯在手。我聞赤壁賦東坡,橫槊空江唱短歌。夜静魚龍空寂寞,秋衫賸有月痕多。

双江泛月七律

禹域中原愧壯游,鷄鳴風雨濟同舟。高歌形影因詩瘦,照水鬚眉共月浮。河漢有聲將進酒,山川無語不禁秋。姮娥底事頻嗟嘆,擊楫何人半白頭?

昨　　夜

西風昨夜起,園木聲不止。掃葉呼童兒,烹茶煮山水。種樹良不癡,惟柴重並米。不見采樵人,朝朝白雲裏。

晚　立　得　句

香銷南國無芳草,葉打西風甚落花。秋氣迫人誰遣此,慰情惟有暮天霞。

重陽同游海印寺

登高此亦高,滄海望滔滔。樓觀千秋壯,風騷九日豪。山空沈午梵,詩健挾秋濤。無事茱萸插,死生輕我曹。

九　日　山

昔賢曾此幾棲身,縹渺東西迹未湮。五季干戈乾净土,千秋丘壟謫遷人。

溪聲白日樽前話，詩句青苔劫後塵。莽莽乾坤似斗大，秋風哀怨是孤臣。

歲短夜長，中宵吟此

静垂簾幕夜窗明，野闊天空乍夢驚。天擁旌旄青女降，地分城國素娥傾。自憐擁被容高枕，莫爲揮毫對短檠。幾斗心頭血灑盡，只應賣卜讓君平。

除夕日作

窮陰迫歲盡，天氣日凄惻。清霜昨夜來，衆鳥各戢翼。環視塵網中，擾攘靡寧息。鼷鼠飲滿腹，撫鏡面黧黑。精神一朝萎，骨肉誰拂拭。吾欲飲美酒，苦病醉不得。放歌梅花下，舉頭思無極。嗟彼鶴歸表，痛此駒過隙。

初春即事乙亥(一九三五年)

簾纖細雨出空堂，玩物抒情興不妨。殘樹鳥啼春乍活，浮花魚唼水能香。畫因蝕蠹翻新褙，書趁飛鴻報遠方。黃髮青山聊寄頓，更無雄劍倚天長。

雷雨聲中梅花滿地得句成此

樹陰雲密掩衡門，多病那堪把酒尊。雨洗殘梅花滿地，雷催群蟄鳥先言。名山筆底餘枯血，狂士歌中有古魂。味得沈檀香一縷，簾櫳深處小乾坤。

曉　鶯

江南草長夢魂賒，春樹濛濛帶月斜。休向東風輕一唱，誤人家國後庭花。

春　夢

灼灼多情桃李天，當時歷歷過如烟。五更富貴鶯低喚，一枕神仙蝶穩眠。碧水未回魂魄岸，青燈半掩古今年。四千史册邯鄲道，芳草迷離若個圓。

獨　坐

布被又裝綿，凄清梅雨天。青苔鳥下滑，碧草蝶飛聯。流水擊古石，閑雲幕野烟。陰晴時變化,誰與料機先?

青陽道上

東南風正急,驟雨落紛紛。緑稲排碧浪,青山葬白雲。村迷鷄犬静,野漲鷺鷗群。借問道旁樹,何時帶夕曛?

題秋山獨眺圖

一雁下亭皋,西風葉似濤。秋容天地老,山骨古今高。静與烟霞會,閑知笏笏旁。清標留素紙,爽氣厭宫袍。

爲　想

弱息輕塵幻夢驚,北窗高卧夜魂清。雨餘四野浮花氣,月上五更聞鳥聲。倚馬獨憐山鬼笑,斬蛟誰仗海波平。貞元詞客無他望,爲想天河洗甲兵。

中秋夜會飲洪大禹川宅,歸途偶作

雙江泛舟去年客,今夜同聚洪崖宅。一度中秋老一回,長髯添得根根白。高歌痛飲且爲歡,何必窮途哭阮籍。歸去空山河漢中,萬蟲語月天地碧。

重陽同社游九日山

九日山頭九日題,名山老日始攀躋。屐如阮籍因詩禊,爐似黄公共酒攜。萬里孤臣悲石馬,一帆秋水映金鷄。茱萸插遍思今古,木落天高眼底低。

秋夜吟

夜長人不寐,秋晚雁來多。明月當窗牖,慷慨發浩歌。去去日以逝,感此終山阿。焦桐不可彈,時兮奈若何!

九日作

浮雲天半起微陰,牢落鄉關慨嘆深。霜雪已侵仍悔吝,江山無恙且登臨。

秋風快馬追頹影,夜月聞鷄憶壯心。遺臭留芳兩無據,單床虛室自高吟。

睡　　起

拋書睡起興悠悠,景物當前好解憂。漠漠輕雲時見雁,蕭蕭小雨乍聞鳩。都無可語如僧定,更有何方不墓(暮)游。封禪遺文誰索取,空山笑傲送窮秋。

即席贈漳州郭韞珊

能畫亦能書,能歌亦能酒。醉鄉吾所游,十日常八九。興酣始落筆,揮洒兩在手。當其諧詼時,萬物視何有。湖山故鄉無,漂泊安足醜。誰令臣朔饑,一嘯驚天牖。

訪陳頌南給諫故里

誤國和戎痛懿親,海門烽火迫江濱。封書祇道回犀主,請劍空虛斬佞臣。寂寞園花貧氣象,槎枒庭樹戇精神。褒忠留得天家語,勒石名山總不湮。

夾竹桃二絕

高人氣概美人頰,爛熳花開兩樣名。寄語漁郎休問訊,干霄風雨有龍聲。

其　　二

爲友松梅節操稀,如何紅粉鬥芳菲。那知不怨身輕薄,日暮天寒翠袖依。

月　　菊

脩園曲圃凈無烟,抱得清輝獨穩眠。淡淡不言空色相,盈盈欲語瘦因緣。天低北斗秋如繪,人立東籬夜共圓。可是孤踪憐隱遁,故教素影伴嬋娟。

霜　　菊

青女也來處士家,沈沈雪裏見梅花。冰天支柱山川老,傲骨崚崝斧鉞加。

三徑晚香愁凍雀,一簾幽夢入寒鴉。艱貞蒙難古如此,萬蕊千枝不肯斜。

雨　菊

雲氣南山乍暗明,重陽過後少佳晴。黃花偶搵青衫淚,碧水能生紫艷情。浴雁關河詩外意,持螯天地酒中聲。芳春富貴都非願,曾是陶家鳴不平。

露　菊

漢宮昨夜捧霄盤,分與黃英曉未乾。仙掌低時花來採,秋心冷處葉團團。無聲初浥偏思插,有味能甘更勸餐。高躅由來巖谷者,金莖賜比侍臣看。

瘧至此又作,雖較昔減,然亦困,中夜夢祐安兄,愴然賦此

冷月淒淒漏滴銅,又從藥石度霜風。愁如貧女妝難嫁,老似危城病怕攻。百歲春秋灰骨裏,九原兄弟夢魂中。首丘剩有飄蕭髮,臥聽空江過斷鴻。

冬日崇福寺觀大鐘

崇福寺鐘大莫紀,視諸藍剎樽罍耳。朝夕一百又八敲,喚起頑癡背澆水。鐘始有明洪武年,架以梁木樓上懸。星霜兵燹寺興廢,歷劫不劫鐘鏗然。酒熱天寒菊花晚,東望城隅村落宛。松灣徑僻少人行,聯袂高歌恣往返。禪門幽寂闃藜迎,問鼎湮沒草已平。中有一僧臥一杵,天地無聲叩有聲。陰陽爲炭洪爐鑄,銅駝金仙真朝露。我生遇佛不求佛,此鐘琅琅智慧具。

老　馬

蹄聲得得耗光陰,一日驅馳一日深。齒已頻加銷碧血,骨將誰買誤黃金。三春富貴香車夢,九塞旌旗鐵笛音。錦障騰驤成往事,秋原試草杳難尋。

老　鶴

吹笙曾此侍仙曹,嶺下流年似水滔。歲月空餘鷄鶩笑,雲天終讓隼鷹高。

梅花雪冷凋雙翮,芝草天寒静九皋。漫道沙蟲俱化去,西風留汝和松濤。

送世講林少華重往小吕宋

又向炎洲去,飄飄在此行。風騷思後起,冠履重先聲。寒日一杯酒,掛帆千里程。黄金良不惡,努力赴修名。

鳳山訪黄吾野墓二絶

生長烟波僻海東,抽毫臨紙繪能工。惟教嘔盡心肝血,埋向鳳山土更紅。

其　二
公卿良友詹司寇,好與布衣抗謝榛。文藻荒寒遺碣在,年年愁殺踏青人。

作詩憊甚戲吟六言三首

琢句囊辭塞滿,搆思鏡勸休閑。遍日容顔似此,放懷宇宙之間。

其　二
吐盡蠶絲繭作,醒來蝶夢燈深。打叠籠中敗紙,凄凉弦外餘音。

其　三
高歌杳杳鬼神,短景匆匆兵燹。愁多言亦徒滋,興至意真不淺。

晚立高原

歸鳥戀夕陽,遲花炫寒圃。青山曲曲屏,紅樹亭亭伍。老屋起炊烟,耕牧錯生聚。此地極遐邇,萬家欣在睹。薄雲漏太空,星月綴天宇。禪門深樹隔,微微聞鐘鼓。耳目會有適,悠悠此終古。

白　衣

野鶴巖雲避世高,如山朗朗見賢豪。閑從雲月舒襟袖,笑向鵷鷗借羽毛。稚子偶牽依玉樹,秋江獨立映銀濤。平生不識薦紳貴,傲看青蓮宫錦袍。

後茂望賜恩巖

已至巖下村，不游巖上寺。別山亦已久，林泉失交臂。山靈尚可言，詩境偏棄置。勿云近我家，來難去眞易。

新　年丙子（一九三五年）

蕩漾風光入歲先，天公許我駐新年。猶存喉舌高歌鬼，未朽筋骸緩步仙。談友如游妙山水，展書似夢過雲烟。逍遙莫想心頭事，且與梅花證夙緣。

嚴　子　陵

以足加腹卧帝旁，太史占星奏未央。一度伸脚尚不得，況於執圭繫組之恐惶。桐江烟水白茫茫，有魚無魚釣徜徉。卽此反側無罣礙，歸來魂魄寧且康。嗚呼天子故人，長謝靡遑！

得西湖句綴成

珠光劍氣老來無，局促真同轅下駒。學者於今卑北斗，丈夫幾個葬西湖。偶歌紅粉心滋懶，欲洒青天血已枯。百計消磨閑送日，瓶花供養對清癯。

故　廬

行行亦已倦，稍稍步軒除。此地花如海，時聞鳥起余。無言爲索句，不憶復翻書。借問終南徑，何如守故廬。

始皇焚書

始皇悍然焚詩書，六經灰劫真獨夫。烏知二千餘載後，終有一日作紙糊。驪山深深九原起，政也笑曰我何如？

昭君嫁胡

胡笳吹徹雲悠悠，辛苦關山舒國憂。漢宮未必果爲后，嫁得單于號並頭。

黄屋左纛差快慰,三千粉黛長門秋。

勾　　踐

勾踐大丈夫,復仇而雪耻。薪膽忍卧嘗,宋高焉知此。妝得西施進吳王,姑蘇臺上温柔鄉。錢塘江水洗不清,英雄戰勝美人兵。

四　　皓

四皓真隱士,商山采芝草。封留實虛榮,埋名苦不早。翩然鳳鳥下蒼天,容貌甚偉高皇前。何薄於秦厚於漢,人毚傷心公忍看。

一　　樹

一樹數樹桃花開,千絲萬絲小雨來。微茫白鳥忽飛去,歷亂青山乍夢迴。遠道有書惟强飯,長生無藥且深杯。芒鞵竹杖閑蕭灑,不識何人是怪才。

閑　　向

閑向小園去,風烟日日新。鳥聲爭送雨,花氣欲沈春。未到冥心物,難尋開口人。閉關聊偃息,且向故書親。

晚立洛陽橋上

春雨正霏霏,征途人未歸。潮奔雙岸闊,天去一舟微。戲鳥波疑没,浮山嵐欲飛。大江來往處,結念繫漁磯。

晚立洛陽橋上,時與汪孝廉照陸俱,二詩以紀

更無落日向西銜,春水漫空三兩帆。記取洛陽橋上道,江天細雨濕征衫。

其　　二

桃花夾道洛陽春,如此江山我兩人。橋外水天橋上客,扁舟瓜步憶前塵。

春雨有懷汪大照六

春陰日日暗斜曛,淡蕩春痕春未分。爐擁空房朝暮雨,筇看遠岫去來雲。花彈紅粉窗留印,鳥啄青苔石破紋。騎馬沖泥行不得,迢迢潭水嘆離群。

至高石春望 至高石在城北,是城中最高之處。

夭桃鬥紅顏,溪流樹杪間。鷓鴣聲互答,微雨落千山。

積雨讀蘇詩

雲師潑墨壓前山,漠漠江城苦雨天。昨夜霜風傳太急,戀巢鴉雀柳愁烟。無情春水悲行客,閉戶寒魂迸冷魄。炙手難回日月光,凍足獨憐天地窄。能令膽氣一粗豪,左誦東坡右太白。

寂寞

寂寞虛生入世緣,憑他落影近虞淵。鬼如不覷何妨獨,人至無求自有天。南國怨生紅豆日,北山歌繞紫蘿烟。松苓未種寧翻悔,敢望彭佺足永年。

與洪大禹川有約,是日阻雨戲作

春陽二月花枝搖,及時行樂相要邀。不向紅妝辭魯酒,且將黃髮弄秦簫。小窗昨夜淒淒雨,錯亂柝漏達旦朝。更雜清霜灑草木,幾人炭狔珥金貂。側聽鳥聲呼滑滑,滿城春水暮未消。天公似謂汝年老,黃金買笑終無聊。搜腸撚髭宜若此,青山白骨姓名標。我識此意沈吟坐,濃茗細啜龍涎燒,正如枯禪萬慮掃。但覺寒雨滴滴空階遙,有誰問我睡鄉賦大招。

同社出南郭弔吳元甫,因呈王立峰、江照若二老友

當春風作悲,昨雨山猶濕。境舒觸緒歡,心愴聞樂泣。痛彼嚶友聲,金玉留

遺什。強健天易摧,頹齡崦嵫急。人琴實淒然,素車動於悒。含意歸徬徨,景物隨掇拾。山川平野盡,雲日胸次吸。大塊剖精英,一一瀝爲汁。洗滌我愁腸,無使憂患入。死者良足哀,生者影汲汲。老如歲云暮,淹忽百蟲蟄。百蟲會有蘇,一瞑萬古戢。更當謝吾徒,高舉不可及。遐哉張志和,烟波渺蓑笠。

咏明季三大儒

朱火冷不燃,異姓豈忍事。墨痕漬南天,痛史亡國淚。嘵音而講學,吾道來者寄。長依慈母旁,新命詎足致。血枯申包胥,秦庭師不至。<small>右黃梨洲</small>

其二

丈夫生鼎革,誓不爲二臣。雖無父母命,寧是靦顏人。萬里轉徙客,一代著作身。於時不遇蹇,經術被吾民。日暮孝陵山,踏盡江南塵。<small>右顧亭林</small>

其三

興朝令赫赫,留髮不留首。頭上全數莖,山中避衆口。孤憤無所托,即史辨好醜。下筆挾春秋,莽兀韓與柳。我讀落花詩,涕出九十九。<small>右王夫之</small>

讀張蒼水先生年譜,至懸奧被執,淚筆題二絕

素袍朱履謝麾旌,海上飄零已解兵。何事輕舟不東去,遁荒曾此否延平。

其二

伏處窮山絕島遥,書生故我托鷦鷯。那知鷹犬魏天祐,枋得難容賣卜橋。

被酒憂時而作

杞人嘗憂天,蒼昊今未墮。志士若憂國,山河將易位。誰實迫處此,黃雀鷹鸇伺。六國患嬴秦,始皇一海四。孫劉憂司馬,二方并入侍。惟有越勾踐,弄吳如兒戲。南宋憂蒙古,錢塘潮不至。有明憂關外,卒收鷸蚌利。強爲天所興,弱爲人所棄。乍聞楚歌聲,風鶴魂魄悸。忡忡無奈何,頽然醉且睡。睡醉兩不可,烽火將焉避。誓不與賊生,喚起少年志。爲誦駉騵詩,敵愾有深意。揮汗決東

海,噴血灑天地。無令我神州,三紀亡國史。不見淝水上,投鞭殺胡騎。

雨中漫作

南華秋水靜忘機,滿徑蓬蒿晝掩扉。寒雨聲中人睡半,好花時節客來稀。三千噓界涎蝸盡,九十騎春野馬飛。洗眼欲觀山色笑,東風憑借白雲揮。

春興

如何春欲暮,顧影獨徘徊。時有飛花落,坐看微雨來。遁形依碧荔,幽意問青苔。雲過北山出,群峰排闥開。

清明余數有詩,茲反其意而爲之

燈月十五春秋速,上巳流觴重九菊。世間何物是清明,雨冷風淒群鬼哭。爾鬼爾鬼哭奚爲?未曾死去生趣夙。混沌四宇靡有寧,破膽瀝血苦滿腹。於今黃壤號無愁,桐棺三尺勝華屋。荒魄游魂野祭多,況有兒孫麥飯熟。不哭不哭鬼啾啾,鬼樂人樂我樂獨。不問寒食與禁烟,但知飲酒更食肉。柳絲漠漠畫圖中,花落花開自在目。年復年兮同佳節,卧看日月雙轉轂。永絕山頭杜宇聲,彭殤一視蕉覆鹿。

露坐

中庭自露坐,萬户靜天街。有月夜不俗,落花春亦佳。水因堤岸困,木爲斧斤諧。所遇原物理,臨風一放懷。

春去矣感而有作

綠陰稠叠任春馳,一息乾坤百感時。芳草夕陽詩興味,山經漢史酒淋漓。可堪猿鶴哀君子,無奈魚龍戲偃師。莽莽中原開戰伐,横戈躍馬誰家兒。

送三兒琬可至小吕宋

少壯應如此,絲蘿托遠方。何人終食稅,作客且重洋。歡樂他鄉易,艱難來日長。吾衰雖未甚,每飯慎無忘。

初夏偶成

長向天南寂寞過,蕭閑真似一徐波。曾無鄉夢離家少,但有山游得句多。杯底江河收點滴,燈前風雨起悲歌。池荷牆筍雙雙長,換却人間奈世何。

開門

積雨暢衆綠,開門叢樹深。此間寡輪鞅,似我住山林。庭鳥下投刺,野花香上襟。無爲笑寂寂,焦後有遺音。

重修唐韓學士偓墓 墓在南安杏田鄉潘山,有墓道。

松風諰諰咽墓門,忠臣之骨詩人魂。千載已過妥體魄,咄爾椎埋毀籬藩。玉魚金碗昧知髓,坐使漆燈無留存。李花零落群盜起,朱三悍然作天子。龍鳳燭乾剩淚痕,爲捋虎鬚走萬里。方袤儺武情更深,九日山前倚杖吟。中原篡竊悲青蓋,左海荒炎瘁赤心。尊賢起墜吾輩事,海外囊金黃君義。於今負土復成墳,封之樹之仍位置。天崩地坼一孤臣,香草傷心託美人。清溪半滴奠流水,潘山終古護貞珉。始嘆疑冢七十二,冬青誰與作遺記。功勳赫奕象祁連,即不盜取亦寒烟。惟有詩魂與忠骨,抔土無令損毫髮。

讀後漢書蔡少公精圖讖,言劉秀當作天子,鄧晨聞之心喜。見鄧晨傳。有道人教豐反,囊石詆爲玉璽。

居攝上符瑞,後先數萬人。謂此爲足信,十八年亡新。謂此不足信,少公果有因。劉秀作天子,心喜獨鄧晨。太守稱兵起,玉璽一佩張豐死。敗則妖孽成禎祥,幸與不幸兩茫茫。芒碭雲,夾馬光,讀書盡信史氏笑我旁。

新晴

歷劫休將心上來,薰風引我步蒼苔。鵲巢不護嗔鳩住,蛛網爲開放蝶回。

賤本少時寧失貴，功無今世敢言才。雲容樹色新晴好，掃盡長空萬里埃。

孟夏篇

孟夏草木嘉，萬綠成幽邃。結彼廬上蝸，伏此櫪中驥。晨夕鳥變聲，深樹隱歌吹。蘭蕙感候開，芳香自南至。北窗布枕簟，詩傳縱橫備。興或神與會，倦即鼾然睡。二兒有嬌女，三歲識五字。亦解捋髭鬚，依依明月意。讀書略本根，動爲虛榮餌。及乎陷機阱，奮飛恨無翅。矧乃筋力衰，而已市朝異。願言師古人，陶然以爲醉。

見石榴花作

紅盡石榴白盡髭，便於花下起歌思。沈淪魏晉步兵酒，淒瑟金元好問詩。從此匹夫惟撫劍，須知遺老是殘棋。瞻烏靡定於誰屋，歷歷河山想昔時。

咏李青蓮

謫仙仙人下蓬萊，冰雪爲胸玉爲胎。偶吐雲霞放光彩，口吸東海千百杯。長安富貴紛塵埃，北山東南采磯石。江山兩眼噴墨迹，寧污僞命永王璘。開元天子臣不得，迢迢萬里夜郎烟。不識汾陽誰解憐，騎鯨散髮忽大笑，拍手歸去天之天。

咏杜少陵

浣花溪上春水碧，萬里老作西川客。兩京烽火正飛灰，一字一淚驚心魄。包羅萬有奮雄詞，三峽傾源地在茲。直以性情根風雅，楚騷上襧餕群兒。秦州顛沛又夔府，有家不歸依嚴武。不是冠鉤毋更言，芳草洲邊哭鸚鵡。吁嗟杜陵，生何飄零。白酒牛炙毀爾形，留取忠愛萬古靈。

曉天即景

微茫天際裂雲東，混沌昭回嘆化工。萬國青山排間架，九州白日啓鴻濛。

露冷冷處雞聲隱,星落落時螢火空。絕似崢嶸頭角異,憑將朝氣迫衰翁。

偶　興

少人境處別山川,種竹澆花幸苟全。便不撚髭空過日,可堪囚首問何天。金丹九轉三餐道,火樹千重一枕禪。閑向高原看畫筆,樓臺映在夕陽邊。

見蝴蝶而賦

蝴蝶可憐蟲,飛宿逐雌雄。共命在花草,相隔無雨風。陶陶栩栩終其終,偶然分形影,亦無各西東。棄婦棄夫,使我心恫。

田　家

薄田三五頃,先世本非沃。揮汗事耕作,僅乃收黍粟。縣稅與衣食,兩者交相促。飢寒尚可忍,惡吏肆摧辱。鵑鳴春樹間,叱犢趁初旭。婦子力分秧,平疇鋪一綠。旱祓幸勿憂,盜賊幸勿酷。不敢望篝車,但使微命續。養蠶絲價輕,雞豚勞仆仆。偏歎遇昨歲,負券苦縛束。再拜謝天公,今年雨水足。

聞　蜩

枕户出青嶂,開窗納綠陰。難行當決事,徒想欲愁心。室靜逾於古,時危繼自今。閑來偏有會,花外起蜩音。

永　晝

嫩剝園中笋,香聞庭際蘭。緒風消永晝,渌竹佐新餐。性酒名能醉,心漁夢亦寒。悠然隨所適,夕照放奇觀。

題雙溪泛棹圖

我有雙江昔雙溪,先後游踪各不齊。昔圖再補我圖在,時多名士我社題。

幽人韵事都如此,兩肩風月一部史。江山付與漁樵人,欸乃無聲留尺紙。今我老矣且高歌,浪捲沙淘慨憶多。秋去秋來天地闊,五湖蓑笠水微波。

午　陰

一日四五睡,睡時多於餐。有如陳摶老,閉眼天地觀。吾欲浮於海,扁舟畏狂瀾。吾欲禦長風,九天無羽翰。忽憶手植處,青青雙琅玕。根苞實繁衍,猗猗綠雲端。徘徊午陰下,清氣迫人寒。安得截爲管,吹之來鳳鸞。

荆　軻

慷慨樊於期,吁嗟高漸離。沙丘方死日,匕首是生時。氣烈咸陽火,荒開博浪錐。只今聽易水,如作筑聲悲。

舊　劍

錯道精英盡,鋒芒獨斂時。那堪分手贈,惟有仇頭知。牛斗曾龍躍,關山憶馬馳。長安諸俠少,相遇鬢如絲。

殘　燈

幽窗閉黯淡,達旦恨無從。獨客五更枕,寒山數杵鐘。織成思婦倦,渴起酒人慵。最是雨風夜,愁心隔幾重。

退　筆

太息毛焉附,淋漓紙乍停。龍蛇銷鬼哭,蝌蚪慘神靈。軍柱橫千陣,文誰校一經。瓣香遺冢在,遙祭竹園青。

敝　裘

風雪滿天地,披襟苦不完。凄凄游士嘆,戀戀故人寒。梅信無衣探,蘆花向被攢。羨他高隱者,尚戴鹿皮冠。

緩　　步

緩步明月光,鐘聲出上方。天花隨處散,開遍玉鴛鴦。

抱　　膝

抱膝空堂暑氣清,荷風竹月總關情。一山向晚雁初影,萬樹落秋蟬有聲。幸健每忘身是老,苟全翻恐世知名。如何草木應同腐,天遣蓬蒿滿徑生。

初 秋 夜 坐

天高雨細灑輕塵,獨夜空山領略真。滄海雲容徐孺子,清秋月色虢夫人。啼蛩不盡纏綿恨,狂隼寧知跋扈因。我便欲眠窗忍閉,一聲涼笛起東鄰。

此　　意

此意與誰會,涼風渺所思。月無秋更好,酒與夜相宜。天闊名難滿,雲深計已遲。欲從丹訣問,方寸覓安期。

讀周忠愍公奏疏三律

獄囚真纍纍,待士酷桁楊。爲觸龍鱗怒,休勞蛇膽嘗。君恩雖不殺,臣弱已難當。報國縻頂踵,傷哉應詔亡。

其　　二

故宅頻經處,悲風颯颯來。高堂雙淚眼,寡室一遺胎。檻豈朱雲折,棺非樂運抬。徒然資暴主,坑我少年才。

其　　三

縱有榮名在,其如痛毒曾。幸生楊御史,蹈死浦文登。犬馬視同賤,驊騮恨早騰。清流與黨錮,遭世涕沾膺。

與弢社游清源山

倚竹穿松石徑登，凌虛直上最高層。干戈老去吟中友，樓閣荒時劫後僧。天盡東溟關險阻，星環北極小丘陵。名山別有明年約，花木禪房共一燈。

游清源山作十五韵貽王立峰

北山隔十里，平生三到此。兩度與君同，戊午又丙子。中巢狼虎穴，猿鶴去已已。焚毀及臺觀，瓦礫堆故址。狂賊互誅戮，補苴僧正始。形骸苦束縛，風日信清美。於時我兩人，參錯無後軌。憶昔樓上酒，強歲逝若水。所幸夕陽好，餘年作霞綺。攀石窮山海，索句協宮徵。溪帆點點間，鷗鷺君手指。一嘯俯江城，蜂窠陋哉彼。我生亦何爲，蹙蹙靡所止。難再十九年，不樂木而愧。

浯江雨望

白雲籠樹暗西山，一片蒼茫洲渚間。細雨霏霏帆緩緩，空江漠漠水潺潺。烟寒獨鳥橫波去，風定長虹飲浪還。聞道東流蛟正惡，却携霜劍好當關。

寒夜作

悲歌與慷慨，此意竟何如。寒夜風因雨，愁人酒下書。骨灰千里馬，心轉五更魚。不植高原去，於今悔却初。

惠安王砥如以先人冥壽徵詩，嘉其意爲題一首

垂老憶啼笑，思親淚暗滋。九原終不作，千古有同悲。黃壤春秋在，白華天地彌。顯揚嗟一得，芹藻總離離。

卅年

卅年往事不堪回，俗有青山勸舉杯。市遠天教詩境住，花深地似畫圖開。

星真寥落哀吾黨,雨到荒唐恨古才。帶茘披蘿空想像,偸生我贐劫餘灰。

水仙花

步虛乍唱憶蓬萊,小謫人間無地栽。渺渺烟波根托去,盈盈雪月魄呼來。三生種玉藍田路,一夢飛瓊碧水隈。誰把錯刀開混沌,冷香黄艷坼靈胎。

借書

劫火正熊熊,借書良可哂。莫遲明日看,又恐今宵盡。撫卷兩躊躇,霜風打窗緊。

覆巢嘆 家園榕樹上有鳥巢,昨風雨,幾傾折,傷其事,作《覆巢嘆》。

朝出飲啄暮棲訖,繞樹啾啾此間樂。銜石絕似精衛勞,土木丹青同構作。無情雨師天上來,雨自沾濡風更惡。吹倒南山與北山,飄羽零毛哀落泊。

醉歸

黑雲壓城雨濛濛,草乍翻緑花綻紅。半醉不醉行躑躅,山公倒接笑兒童。斗然忽憶春消息,造化無聲聲鳥中。

歲暮有感

棄置終憐塵與灰,百年懷抱向誰開。瘦於詩骨空山鶴,怒有春心古屋梅。始信薛强能擇主,須知趙壹不凡才。華胥一夢匆匆過,錯勸劉伶放酒杯。

半邨詩集卷四　丁丑至甲申（一九三七至一九四四年）

迎春詞丁丑（一九三七年）

太倉之粟紅腐陳,時代推移物似人。作意繁華弄狡獪,一年重放一番春。春自少小我自老,嘆息錦囊埋青草。鳥諧花媚且休愁,酒杯在手春亦好。大地山河笑倚妝,吳歌楚舞鬱金堂。最憐風雨銷日月,啼到杜鵑春又亡。春去我老依然在,憔悴於今鬢鬢改。憑虛禦氣叩九天,天無如何默真宰。

壩上偶步

世棋年矢兩偷閑,曉日瞳瞳春色間。人語少聞蛙閣閣,樹陰初叠鳥關關。草因恨碧江郎句,花欲欹紅妃子顏。一片嵐光壓城郭,慰情泰半是青山。

獨歸

強刪煩惱作歡娛,徵逐朝朝上廣衢。世不重詩無貴謁,人如有酒即朋呼。淒凉偶聽貞元曲,遲暮真窮匕首圖。五夜獨歸風鬼嘯,隻身天地似狂夫。

春興

廢棄因成隱,棲遲適所求。引杯明月笑,堆枕破書愁。壤槁潛饞蚓,時乖愧老牛。啼鶯何處好,花草艷春洲。

讀史偶得

篡國天下僇,人人得而誅。謂宜伏斧鑕,太白懸頭顱。成敗出意料,此賊實難圖。翟義討新莽,湛族況妻孥。淮南抗司馬,卵石亦曰徒。玄感與敬業,血肉荒野塗。無乃起倉卒,軍前少銳夫。迥世號名將,相州儔類無。亡滅不旦夕,拉朽而摧枯。天命苟在彼,忠憤空號呼。興廢有主者,今古實同符。

即景成長短句

烟漠漠,雨濛濛,百花都在鳥聲中。水流無盡處,燕子舞東風。雲作錦囊山作句,一時收拾付奚童。

夜　行

誰擲恒河沙,天上作星辰。千點復萬點,照此行路人。出門良自笑,胡爲多苦辛。寄言樓上客,沈醉二月春。

園　中

携筐扶樹摘枇杷,稚子分甘笑語嘩。一陣香風吹白雨,幾時橘柚又開花。

楚項王

仁耶果然隆準公,淮陰彭越哀藏弓。暴耶果然是重瞳,杯羹分我歸而翁。牧羊小兒虛擁戴,放之何罪立何功。卿子誰令尸楚將,阿房我亦火秦宮。視諸侯王奴隸耳,狐鳴蛇斬非英雄。拔山容易去讒難,亞父憤去垓下窮。艤舟不捲東南土,烈烈田橫並世同。遂使亭長作天子,高臺歡飲歌大風。烏江以後難徵信,遷史悠悠本紀中。

題無錫高涵叔如在圖

生我之人往矣不可見,顧之復之依稀目與面。紛紛富貴琢孩提,三百六十去若電。子有白雲心,黃泉未爲深,一日一時追且尋。痛予少孤父不識,天地茫茫苦相憶,生采陔蘭没猶馨。七寸之棺,三尺之墳,不過隱其形。有生身,無死親。聲音笑貌求之得,思之思之思維則。

五　月

五月江城晝掩扉，更於易世遂初衣。荷喧過雨蜻蜓散，蕙引香風蛺蝶歸。開卷每忻生識字，銜杯自勸死忘機。草玄揚子傷寂寞，獨有桓譚解是非。

吴行璋重游泮水清制入學六十年者是。

皇華曾此彙王廷，兩世清名壽者星。晁錯不來書五阨，伏生空自抱遺經。六十年間喚夢回，徐陵摩頂軼群才。禾油麥秀荒芹藻，試檢青衫認劫灰。

陶　靖　節

月作彭澤官，日飲潯陽酒。世事兆六朝，先生種五柳。細讀平生詩，胸中似無有。烏知亡國心，熱血灑數斗。羲皇固云遥，庶幾首陽友。

破　悶

飛日促殘歲，低雲織野陰。朋尊違謔笑，城市羨山林。書補仍供讀，花開却嬾簪。每聞哀痛者，老淚欲沾襟。

歲　暮　律　詩

漫漫天海隱悲笳，獨向寒暉數晚鴉。莫謝朱顏開瓮酒，且容烏几傍瓶花。衣冠塗炭偏多難，烽火流離尚有家。記取沙場諸將士，雪戈血甲度年華。

重　過　浮　橋

一別溪山十幾年，漁舟依舊泊堤邊。不知多少淘沙浪，捲盡繁華化作烟。

上　元 戊寅（一九三八年）

亦月亦燈夜，乍晴乍雨天。河山支壁半，草木動兵前。且盡杯中物，休云劫外仙。但教乘勝日,拭目抵幽燕。

春　興

滑滑春泥芳草苗,關關鳥語午烟斜。寧殊顧復孫如子,爲共安危國似家。回首不堪看柳樹,託身無所憶桃花。神州何日銷氛祲,吟到龍城一嘆嗟。

春雨有感

東風料峭晝冷冷,隔院花飛香滿庭。雨氣似忻春水碧,雲容未許遠山青。燕鶯有語生無奈,猿鶴何辜死不靈。垂老難回兵劫運,空將濁酒灑新亭。

寓樓晚坐

北野初羇日,南樓共語時。布帆深樹走,燈火隔溪遲。唳鶴空城出,瞻烏止屋思。飄零何所似,說與月明知。

邨晴

涼風吹雨過,禾稻晚來晴。雲散山漸出,水流溪更明。人歸牛背濕,天舞燕翎輕。遠望斜暉在,依依似有情。

夜坐有懷弢社諸老友

甘泉烽火照人丹,唇齒驚心去去難。中夜不眠常起坐,萬方多難且偷安。沈沙折戟雙江闊,搖雨飄風六月寒。天際梁州勞夢寐,幾時談笑酒杯寬。

窗外月極明,中夜起望

北郭悠悠眼底收,風清露重綠陰稠。山容入畫明於晝,星氣橫天爛欲秋。老但浮沉無悔吝,愁因戰伐更誅求。旁人都作華胥夢,誰似高吟獨倚樓。

開軒

寂寂一人境,開軒正夕陽。樹多蟬似雨,花僻蝶疑香。明月此時上,秋山壓郭凉。不須悲戰伐,還自醉壺觴。

秋　原 《漢史》:苦飢寒,逐彈丸。《北史》:李皎削藍田石爲餐。

秋原獨此弔斜暉,萬户傷心形影稀。山近不妨雲共住,樹深常與鳥争歸。逐金世覺韓嫣少,餐石仙知李皎非。莫聽楚歌揮老淚,哀鴻涸鮒幾時肥。

題孤鸞曲 蓋其夫死寶山之難,有爲作是曲者。

斗大孤城陷,沙蟲鶴更哀。一棺誰泣母,四壁剩遺孩。浪起鯨牙肆,烽高馬足開。歸期燈未蕊,夢裏骨成灰。風雨悲京觀,雲烟渺鏡臺。心旌搖碧血,行迹認蒼苔。報國揮無淚,衰門寡亦才。嶺梅焉塚在,陌柳不候來。弔影空閨月,招魂死士杯。此身如化石,填海日千回。

風雨交至戚然有作

愁雨愁風晝色昏,江山如此不歸魂。頻將一片憂時淚,灑向秋原何處村。

夜　坐

空階涼露滴,寂寞度清宵。夜語哀蟲淚,秋聲落葉潮。殘山争壁壘,急鼓起漁樵。縱有雄心在,西風兩鬢飄。

三堡樓中即景

已道通城市,猶憐近水鄉。沙蘆疏岸白,野竹寫秋蒼。樹樹遲歸鳥,山山鍍夕陽。孤舟畫意在,唤渡小溪旁。

冬　菊

黄花采采吐秋芳,奈此荒寒祇自傷。雪地霜天無處隱,不堪回首問重陽。

冬日有作

烈烈霜風鬱鬱居,陽春乍過氣陰舒。似翁曝背簷依鳥,如隱潛髻水定魚。

雲裏樓臺呼吸外，兵前草木死生餘。高丘流涕哀無女，獨對寒山擁破書。

岳　陽　樓

岳陽樓下水悠悠，岳陽樓外哀江頭。東南吳楚烽烟爐，如此湖山誰倚樓？

率　興 己卯(一九三九年)

微雨灑然至，飄飄桃李花。榮悴會有時，青青倏已芽。日月不經意，枝葉紛披挐。搖曳舞東風，來者徒嘆嗟。

開元寺攝影即席送同年張治廬

握手匆匆白日過，禪房花木動離歌。客星到處文星聚，春雨來時舊雨多。左海雲雷悲玉石，曲江宮殿鎖烟波。相逢剩有鬚眉在，鴻雪因緣劫不磨。

燕　巢

又向雕梁雙宿棲，迷離春夢畫樓西。人間儘有無家別，説與杜鵑把血啼。

哭宋雲五同年

小別又焉知，淹然老淚悲。行尊蓮社侶，夢憶鹿鳴詩。得喪髯千縷，賢勞筆一枝。獨憐艱國步，遺恨失期頤。

寓　夜

移家一何苦，夜坐獨徘徊。村靜犬鳴和，山低螢去來。酒深無月共，花落不春哀。糜爛生靈日，誰爲浩劫開。

早行紀事

鳴鷄尚未已，悃悃各馳奔。關門偶弛禁，壯者非所論。扶老與携幼，紛如鹿逐原。哀哉弱女子，氣咽聲且吞。又恐雷霆至，惶急叩前村。或伏山谷間，飢餓慄無言。去去似飛鳥，日暮還投門。不辭風雨苦，慘毒怵心魂。歸來交慰藉，今日幸生存。夜席忽不煖，攝衣先朝暾。

秋夜月下

明月共千里，驚烽入四圍。窮秋相與瘦，艱食幾人肥？木脱蟬猶抱，云疲雁不飛。願教鄉國在，忍死北山薇。

鄉國關心，不知憂之何從也，作此

蕭條滿目起離憂，對此茫茫獨弔秋。藥貴可憐千室病，米荒無計一餐愁。神龜藏骨終虛置，凍雀傷心衹自留。身世顛連誰作梗，東南半壁幾時收？

烏鵲詞

霜月斗寒威，烏鵲夜飛飛。最憐三匝樹，繞盡竟無依。烏鵲烏鵲將安歸？山川皓皓天四圍！

車路既斷，轎行南安舊道庚辰（一九四〇年）

荒村紅濕桃花雨，高隴綠翻麥浪風。認取當年來去路，石門依舊亂山中。

代人賀結婚

家是東南山海殊，天教良牧偶名姝。琴鳴百里因調瑟，石種三生不買珠。桃李春當芳樹艷，鴛鴦近水傍溪呼。同心更抱痌瘝念，好聽多男頌滿衢。

題孟谷吟草

足迹半天下，襟懷一輞川。雲山奔筆底，珠玉唾風前。淒婉伊凉曲，清高魏晉絃。瞻韓曾對酒，更重使君賢。

春　感

緑遍江郊草色齊,峭寒天氣困幽棲。杏花酒薄偏高價,蘭禊詩荒却少題。風雨有誰哀蜀鳥,羽毛終自舞山鷄。於今始識農家樂,二頃空思負郭犁。

春日出惠安西門

何事鷓鴣啼,風晴雨後泥。重雲山曲折,仄樹徑高低。緑織秧千頃,紅添水半溪。昨宵渾不寐,續夢過橋西。

暮　春

荏苒韶華去不禁,悲歌無奈發長吟。情如絲繫春殘日,事似潮生夜半心。芳草連天波渺渺,落花深院雨沈沈。棲遲衡泌家猶在,燕子依然故壘尋。

連月奇癢,夜不成寐,破曉始交睫

蝶夢荒唐何處尋,山空人靜漏沈沈。亂搔展側麻姑爪,強效跏趺釋氏心。地近園林花氣重,天低星漢月痕深。挑燈試讀遺民錄,禾黍如聞宋變音。

爲　圃

雲外青山自結鄰,頭顱如許號遺民。人閑似覺囊中澀,客至常慚席上塵。有筴監門知禍宋,無椎博浪擊強秦。近來爲圃三弓地,敢道樊須是小人。

白鷺群巢某廟榕樹上,有卒持槍擊之,余過而心戚焉

砰然一聲殷春雷,羽翮紛飛去不回。天宇茫茫日既夕,有巢有巢安在哉!忽憶驚魂未定處,移家惘惘出城隈。鳥乎如人人如鳥,流離兵火兩堪哀。

種地瓜

嗷嗷哀雁苦何如,此日妻兒也荷鋤。只爲米珠難共活,不栽花竹種蕃藷。

再詠始皇

十二金人五樹松,太平天子侈東封。坑儒焚籍終自敗,篝火高於塞上烽。

文丞相天祥

降王軹道痛如何,慷慨孤軍戰五坡。運去終燃灰不火,天驕曾遣水無波。西臺慟哭招魂句,北獄蒼涼正氣歌。生祭何須催引決,此身定與碎山河。

陸大參秀夫

豈肯頭顱付爾曹,國亡家破任滔滔。百官空進黃龍表,一怒能興白馬濤。風雨號聲天淚盡,旌旗變色浪山高。君臣同命古無此,哀甚沈湘怨楚騷。

雨夜

三五螢穿水,微茫雨似烟。茶多銷酒渴,燭費掩書眠。莫憶千鍾酒,相需二頃田。嗟余交食粟,鄰里更蕭然。

謝　翱是西臺慟哭者。

挾策軍門一布衣,漳江握別又依依。九年三哭故人去,北望燕山無淚揮。嗚呼公死我安歸?魂魄長繞嚴陵磯!

王炎午是生祭文信國者。

生祭詞雄筆陣奇,古今上下證無遺。從知丞相不曾見,周粟何心忍食之。嗚呼仁義公所知,忠憤之氣急急爲。

張毅父是從文丞相北去者,字千載。

縲絏相從行路難,每於圜室饋盤餐。獨將齒髮貽孫子,是何意態具膽肝。

吁嗟乎水膡與山殘,天邊收骨白日寒。

鄭所南是畫蘭無土者。

國既滅,家亦棄,虎豹嘯九州,中原無位置。西山非吾土,托死兩僧寺。墨蘭揮灑幽人意,嘔三斗血血和淚。

唐、林二義士唐收拾宋諸陵骨者,林掇拾高、孝兩骨者。

臣之心,君之骨,遺骨重山河,孤心昭日月。春風自南來,冬青歲歲發。橋山龍髯差不没,蹈死吞聲豺虎窟。

秋　雨

白日斂西峰,雲陰竟夕封。秋聲萬户雨,夜夢五更鐘。適野哀黄雀,何人遇赤松。悲來別有恨,宋玉不曾逢。

秋日有作

饌玉炊金萬户貧,每聞飢餓便沾巾。不愁可奈秋如鬼,何策能教老似人。為羨盤龍工鬥艷,更嗟饑雁錯來賓。冢中輾轉關天意,莫遣巫陽問苦辛。

近夜,虎至鄰家殺彘三頭,爲作此謡

虎在山,人在城。山不移,城忽平。虎來游,夜初更,鄰有彘,喪其生。彘喪其生人驚悸,家家閉户黄昏睡。日入而息計良得,冠而虎者强有力。假虎之威張虎口,膏血已盡人知否?吾聞古者有義虎,虎心未黑語訴苦。粒米似珠,哀此餓夫,人不如彘胅。虎乎虎乎,庶幾掉尾一長吁!

坐梅花下　辛巳(一九四一年)

梅花恍故人,相遇歡無已。乘月坐花下,花月白似水。宇宙一太清,何物濁

如是。別花覓春眠，抱香入夢裏。

聽雨不寐

風雨雙淒宕，江山半寇仇。緣知千古恨，都作五更愁。貌老頑於石，時艱淡似秋。無因作食客，門下與淹留。

再咏昭君

白登曾圍隆準公，嫚書直達呂后宮。出塞入塞虜騎躪，甘泉烽火徹天紅。一抱琵琶去，於漢大有功。胡笳十八拍，冷落青史中。君不見唐家宋家公主且和戎。

偶酌

境值揚雄寂，人嗟李廣奇。雨愁銷夜酒，花媚入春詩。乞米老懷盡，賣文生計支。游仙不可夢，閭閻以爲期。

春日感事

海疆屹立薑邊籌，壯士驅馳戰未休。二月飛花人影瘦，千山細雨鳥聲愁。黃公酒邈徒傷逝，東野詩寒祇作因。若比蟲沙聊慰藉，首陽有幸值西周。

寂寂

寂寂衡門徑掩蒿，年衰世變適相遭。關山已梗惟歸燕，魏晉焉知合種桃。苦雨但聞泥滑滑，揚塵真覺浪滔滔。欲將日日劉伶醉，其奈青旗酒價高。

荷鋤

乘桴不可如，汲汲守吾廬。事已驚市虎，勢應生釜魚。落花三月劫，昏雨一燈虛。好覓墻陰地，辛勤共荷鋤。

讀隋史

子房報韓仇,一椎擊秦帝。豫讓國士知,吞炭氣更厲。悲哉麥孟才,江都死流涕。世基爾何人,大夢酣貨幣。吾哀熙柔晦,爭死終無濟。天道惡奸邪,不貸賢苗裔。

清　明

死亦茫茫生可哀,草根終事覓蒿萊。幾家酒肉墦間祭,麥飯無多冢上來。

余老,數年不至東嶽。今歲強步而往,作此寄慨

黃之山,草離離。白者石,冢纍纍。冷風吹度哭聲悲,九原有路生無計。此淚潸潸揮向誰？

落花嘆

花光爛熳春婆娑,錦銹河山醉且歌。昨夜南園風雨惡,紅英片片辭枝柯。誰教風雨天知否,花盡無春可奈何。

讀劉宋沈攸之傳

臧洪古烈士,陳容與俱死。邊榮守硜硜,邕之有同揆。遙遙數百年,後先兩痛史。奈何碎玉石,不聽斯亦已。悍然一武夫,遑識義與理。敬兒又何誅,本初尚如此。揚鞭入冀州,非惟挾天子。

徹夜不眠曉始睡

每當夜月聞鷄,未許春風化蝶。朦朧紅日三竿,消受黃粱一霎。

有作二首

敝車羸馬去何之,爲道雕梁與夢宜。往事怕看雲散後,流光恨不水潮時。

飄風愁雨芭蕉葉,古道長亭楊柳枝。便剖雙魚空嘆息,難加餐飯但相思。

其　　二

樂事人間何處尋,頻搔短髮自長吟。無多來日憂交至,便憶平生悔更深。三載戰雲堅餓骨,一枰棋劫亂愁心。空齋最怕蕭蕭雨,荷葉聲中思不禁。

夏　夜　獨　坐

亦知嗤燕雀,對景慮全刪。熒火有古色,荷花無近顔。天風迴北牖,海月倚東山。不値艱難日,爲歡杯酒間。

咏寶祐登科録 是科一甲一名文天祥,二甲一名陸秀夫,二十七名謝枋得。

登科録,登科録,寶祐之年何烈烈。文丞相,陸大參,亡宋巍巍兩大節。更有謝叠山,鼎峙成三傑。書生射策筆萬言,幾見松柏耐冰雪。義士忠臣明季多,未若釋褐同日升朝列。柴市天昏,崖門波咽。却聘書決絶,炎精雖燼名不滅。

雨　後　獨　坐

倦鳥飛何處,傾危只自安。焚膏憐燭貴,市脯並蔬難。雨足千峰瀑,風輕萬木寒。弱孫爭問字,笑口一爲歡。

托　　興

幽蟬咽露饑常忍,文蝶迎風舞更多。我便爲蟬人化蝶,不知長短夢如何?

月　夜　乘　凉

一年幾月夜,當暑好乘凉。坐久履衫薄,行餘花草香。明河來去鵲,劫土咽鳴螿。空有凌虛想,家山百戰場。

石井謁鄭延平王祠

東走濤聲日夜翻,宗臣故里至今存。青衣早濕山河淚,黑塞難全父子恩。金廈島從旌旆起,朱明朔向海天尊。江南一旅中原動,蘋藻應饈未死魂。

秋夜

又作不平鳴,風雲慘淡生。四山森夜氣,萬馬動秋聲。思苦緣詩祟,愁多入夢縈。請看庭際葉,便識老來情。

哭許應林叔父沒,無後,內姪應林承祀,與余序從兄弟。因案牽率死沙縣,悲哉!

失足將何道,傷心竟不歸。弟兄揮涕淚,生死誤是非。骨瘞荒山遠,魂招秋日稀。黃泉相見近,難活是慈闈。

雁字

關山雪滿事南征,戰骨秋原盡哭聲。爲是九天書易達,替人哀怨寫分明。

秋夜怨

秋風秋雨釀秋陰,秋入幽窗夜氣沉。哀雁不堪雲裏過,暗蟲況是草間吟。我生憂患古未有,浣腸澆鬲惟有酒。迄今劫火正熊熊,欲叩九關虎豹守。凄凄木葉下皋亭,瘦盡山河不忍聽。最恨五更千萬里,幾時度得此重扃。

與立峰孝廉同舟至溪尾

翩翩挾策擁輕裘,話到長江憶壯游。離黍已教哀故國,浮萍又覺繫同舟。煩冤新鬼千家哭,搖落秋風百斛愁。今日篷窗重抵掌,可堪俱白少年頭。

西溪舟中口號

明月溶溶滿,清溪曲曲灣。水天秋一色,路入幾重山。

村寓望西溪

英洪湖李毓山川,故老遺聞三百年。問與西溪都不管,祇流水向海南天。

秋溪舟行

秘盡山川秀,舟行入四圍。溪聲寒客枕,秋氣劫人衣。楓葉霜能醉,鱸魚水自肥。却思三峽里,雙淚爲猿揮。

王陵徵詩

七十一老翁,自坭具啓事。桑梓晉杏墩,生平自作記。我兒信先及,封書又道意。開緘出古貌,鬚髮商山季。亦誦詩書言,亦探歧軒義。蠻花濟農草,枯骨肉能致。九歲昔喪父,形影寡母侍。母病始學醫,並李元忠二。泣血恨終天,三年廬墓次。守冢置萬家,徒夸鴻鵠志。何如冷落丘,母魂依子恃。死母不忍離,生母寧弗至。一行足千秋,狐鬼爲悲泗。白兔與紫芝,更當甘露異。慷慨絶裾人,視此心滋媿。迢迢南海雲,王陵丕振字。

秋感篇

惻惻常不樂,愀然似有憂。衰年迫遲暮,貴富尚何求。形骸出塵表,萬事東之流。奈此所聞見,莫適爲斯謀。兵革日以困,槁餓日以儔。鶑兒苟全活,金盡息亦休。非無赤子心,奈此蒼天悠。北風凄以勁,雲結靈曜收。寄言登高者,山川空復愁。

九日登海印寺觀海

秋水海無極,秋山寺不高。當户覽溟渤,中心實忉忉。鯨鯢此窟宅,噴天揚怒濤。神州諸浄域,波及蔚蓬蒿。我有射潮弩,我有斬蛟刀。願言借定力,捧土塞滔滔。抗歌清梵寂,西風爾勿號。

訪菊

耐此閉天地,秋來別有花。西風吹我夢,中酒向誰家。獨往人宜瘦,孤芳世共嗟。籬邊相遇處,一笑夕陽斜。

冬日自南安石坑步歸

秋稻已畢刈,青青麥出田。雨清寒鏡水,風峭小陽天。獨樹盤鴉古,歸雲逐雁騫。依山更臨野,粟貴似登仙。

冬日晚望

更無城郭接郊原,桑海何須感慨存。片片寒雲歸鳥路,依依遠樹夕陽村。萬方多難詩人淚,百戰猶酬死士魂。芻狗土牛真老矣,鐘鳴山寺報黃昏。

崖山弔古

崖山突兀聳崖門,對此茫茫往事論。虎豹域中驅警蹕,龍螭天外作屏藩。波騰鐵騎軍能入,浪捲金輿水不痕。一代陳橋終始史,炎精無奈付胡元。

步行至流墩口號

麥壟平鋪綠,楓林醉沃丹。天陰雲漠漠,地迥雨珊珊。滄海浮東極,群山入晚寒。迴思兵火日,盡室此偷安。

夜雨

石液金經未可期,匆匆傳舍去來時。文章萬縷絲餘髮,日月雙丸子弄棋。夜雨寒多愁裏聽,春花爛極夢中馳。黃粱難熟青烽遍,幾度擎杯笑解頤。

道旁翁

道旁老翁蓬髮鬙,肌黃肉皺步且呼。周年七十家五口,兒汗其血口始糊。

玉粒珠盤朝朝過，市物不與馬骨殊。四壁僅存瓜賣盡，出如泥沙入錙銖。幼孫忍痛鬻千金，填塞飢腸延須臾。一日三餐餐日減，糟粕間與青蔬俱。高門大廈壓梁肉，殘冷何曾沾餓夫。老妻今秋寒瘠死，天寒影隻泣窮途。我聞此語心慘慘，翁乎收汝淚沾濡。貧人脂膏富人榨，有誰溝壑能遁逃。天命如此難獨活，螟蝗水旱古所無。嗚呼，螟蝗水旱古所無。

往　　日

門可羅，車馬杳。聲啾啾，無昏曉。往日覺雀多，年來怪雀少。難將餘粒覓空庭，雀謝主人飛去了。雀去雀去別枝繞，看取梧桐棲鳳鳥。

夜讀杜詩

把卷長吟恨更多，如當天寶聽哀歌。晚羈劍外梳白髮，春倚江頭悵綠波。關洛烟塵同盜賊，古今風景異山河。深燈寒雨憂時淚，烽火南天奈老何。

桐陰讀律圖，爲黃子登題

百尺之桐三尺律，若有人焉讀其間。桐葉落秋春再發，民但死律生不還。以律障民勤探討，讀律勝於讀書好。讀書爲雨與爲霖，到底人命終草草。皋陶廟裏鬼夜號，碧血濡筆筆即刀。多少生靈環紙上，風來莫道午涼高。

冬　　夜《路史》：天雨粟，鬼夜哭。

霜風怒更號，白日倐西韜。豆冷燈難夢，樹翻山有濤。鬼無天粟哭，人不地輿逃。悄悄衾如鐵，干戈迫鬢毛。

寒夜獨酌，念三兒夫婦在菲

清霜愁酒只孤斟，萬竅悲鳴夜氣森。不信褐衣終有約，幸饒白髮卒相尋。看花霧裏雙驚眼，就木風中百煉心。苦憶艱難羈海外，樓船烽火遠書沈。

陣　　陣

高陽莫爲歡,陣陣北風酸。名或千秋易,計真八口難。盤鷹呼鶴舞,凍雀啄鴉寒。枉事春來早,梅花汝自看。

愁　　思

亦知憂無益,却又速之來。借問春風裏,誰將細草栽。

詩　　思

鮫珠珠滴淚,蛀木木殘心。偶與靜時會,便從苦處尋。

歲暮感懷

蜀道青天未足難,强支日月序將闌。縱然不死梅花鶴,更有何生柏葉鶯。滄海揚波烽燧急,空山夢酒雪霜寒。卅年日在兵戈裏,萬象蕭條忍淚看。

春　　至

老去渾無奈,春來似有情。殘梅疏雨洗,幽草喚烟生。雲放遠山色,鳥翻深樹聲。禍天終未悔,隨處有凶兵。

滄　　海

海外愁聞血戰開,熙熙無復舊春臺。不情桃李爭烟景,何物風霆吼劫灰。鶴化雲天君子盡,燕歸門巷主人哀。韶光九十凄凉史,難枕繁華夢一回。

春情曲

春皁漫漫綠滿堤,春化的爍盡樓西。好風天上微微至,嬌脆黃鶯自在啼。黃鶯樂莫樂,思婦凄更凄。府帖朝下急,妖星夜未低。簾前枉妬飛飛燕,枕上空愁喔喔鷄。樓蘭一劍看露布,萬里征人返馬蹄。

春日感懷二首 唐賜方干孤魂及第。

伏櫪但聞嘶老馬,清流何處伴浮鷗。詩無好語窮因至,文爲沽名富不求。遑説星辰依北斗,空勞冠冕數南州。梨花如雪都開遍,細雨黄昏閉户愁。

其　　二
苔錢緑上雨初經,忙蝶啼鵑坐小庭。幸不孤魂膺及第,從教雙淚落新亭。弄吟風月差無税,糟粕詩書尚乞靈。莫怨故山薇蕨少,炎荒處處血痕腥。

睡　　起

晝夢初醒意尚迷,初疑朝起鳥聲啼。擎茶默默看花影,一笑那知日向西。

今歲清明,又視姪冬陽墓

老生少死兩茫然,孤冢酸辛廿八年。萬劫不迴風景異,重重揮淚落花前。

壽妙月和尚六十

有藥多全活,如包任往旋。大千捶粉碎,握定一雙拳。

雨　　後

午山雲猶遮,野水淡烟斜。蝶倦勤依草,蜂喧拚夾花。閶闔方荷戟,江海莫浮槎。萬事艱難日,誰能顧室家。

深　　春

匆匆成白首,寂寂又黄昏。迸土竹爭笋,侵階苔不根。生殘啼鳥血,死共落花魂。冷落鄰家盡,深春獨掩門。

始　　夏

凉炎又一時,荷葉漾深池。便欲尋僧去,多因聽鳥遲。詩成期客賞,金盡怕人知。難向愁中醉,翻書且下帷。

夜　　坐

孤懷只自抱,往事已無靈。髮漸今年白,山猶故國青。吟詩偏苦蚋,滅燭試招螢。何獨憂心悄,饑烏不可聽。

雨中讀歷代詩話

蕭然門館息交游,雲擁千山雨未收。生至亂離香草怨,學於遲暮美人愁。九關虎豹高難問,六月鯤鵬老亦休。把卷微吟過永日,綠陰晝寂記蘇州。

再詠漢高帝

分我一杯羹,忍哉父命輕。重瞳如果殺,縞素以爲名。猛士狗安在,司晨雉有聲。新豐徒孝養,地下笑田橫。

貧　士　王播、周朴皆嘗食僧寺,飯則擊鐘。

嗟君時不逢,抱策倚孤松。有室如懸罄,無山可趁鐘。薄於雲故舊,衰似草形容。那得躬耕地,年年困臥龍。

貧　　女

羨盡雙飛去,紅顏落小家。停針金綫短,掃葉竹釵斜。夜乞淒凉月,春開寂寞花。踏青謝女伴,默默浣溪紗。

老　　僧

雪山頭與白,持鉢苦難勝。貝偈度山鬼,蒲團坐雨燈。補雲千片衲,歸月一枝藤。長住諸峰里,猿啼最上層。

老　　道

洞門深鎖處,黃髮自朝真。松露滴清夜,桃霞放古春。殿寒呼鶴舞,潭暝檄龍馴。誰解問丹訣,簫聲吹破塵。

偶　興

轉九自憐金是鼎,刖三方識玉於山。紛紛蟬噪聲如雨,獨抱枯桐且閉關。

疏散勢迫,中夜賦此

更回夢轉抱深憂,雙鬢蕭騷萬事休。賣骨風塵賢士馬,醉心烟水美人舟。酒杯早被饔飧誤,詩卷終難兵火留。況是故園羈不得,蓬飄梗斷路悠悠。

杜　鵑　行

莊生化蝴蝶,翩翩夢自適。望帝化杜鵑,泣血哀無極。蝴蝶舞香叢,飛西又飛東。杜鵑哭春盡,風落紅陣陣。一何其樂一何悲,花裏相逢不聞知。賦形天地慎所託,後雖悔恨復何追。

得青山二句援而成之

黃葉紅花秋更春,賞心若個笑開唇。青山愛結長眠客,明月閑尋半醉人。已看鼠狐來窟穴,須知蟾兔是朋賓。何緣攖却塵中網,勞盡空靈自在身。

向　夕

向夕拋書起,微風踽踽行。急巢歸鳥駛,映岫遠霞明。暝色有千態,居人無一聲。曾如村上住,燈火話農耕。

爲　憶

爲憶他鄉苦,悠悠老此邦。濃陰頻喚榻,好鳥欲穿窗。流水渺然獨,幽花莫與雙。會心不在遠,坐久晚愁降。

閨　怨

寂寞空房度此生,懶將幽思託銀箏。一年淚盡春三月,萬里魂歸夜五更。

簾竹烟消香篆字,窗蕉雨斷翦刀聲。羅衣莫倚秋階立,耿耿天河分外明。

棄婦篇

棄婦昔出門,掩面雙淚痕。棄婦成陌路,蕭郎終不顧。明璫翠羽風冷冷,雲鬟香霧青絲青。買得新歡珠十斛,白頭哀怨誰能聽。水流花謝杳然去,又恐琵琶抱別處。

縷縷

縷縷幽窗沈水含,生存薄落苦中甘。愁來一卷宵如蠱,懶去三春日似鹽。説法難逢頑石點,聞歌知向漏舟酣。荷香荔熟蜩聲急,今古何人共縱談。

暑夜

空庭蘭蕙發,顧影在花前。明月正下樹,微風便覺仙。莎雞鳴暗壁,蚯蚓嘯低泉。石上吟抱膝,洪爐中冷然。

讀淮陰侯傳

淮陰間世傑,登壇助高皇。勛業收齊趙,威名軼平良。當其意氣盛,目中無真王。自謂漢報功,長與長陵長。風雲歡際會,椎解刻肝腸。偉哉蒯生言,拘牽謝弗遑。雲夢一見執,呼天訴巫陽。遂令英雄姿,碧血喋未央。走狗心悔痛,野雉眉飛揚。身死蒙叛逆,覆盆終無光。重輕早舉足,沛宮不還鄉。厥罪惟不忍,千載淚沾裳。

夜半

夜半月欲出,微微曠野明。深叢錯螢火,衆妙紛蟲聲。殘星忽斂曜,濃露滋華莖。空闊納風凉,豁然秋意生。雖無甘澍力,庶解倒懸情。白晝爍金石,揮扇苦營營。悵惘知何已,飄飄兩袖輕。徙倚不能寐,荒雞叫五更。

忍見

忍見河山最後棋，驚心烽火命如絲。禍深飲鴆遑思酒，慘盡饑烏尚啜糜。少壯老中三面目，死生夢裏一鬚眉。旋天轉地知何日，江左夷吾信可兒。

晚晴

山已重重見，雷猶殷殷聲。殘虹疏雨歇，歸鳥夕陽明。客散僧因愛，人稀徑獨行。滄浪何處問，漁笛向江橫。

中秋夜

今夜青天月，嫦娥淚亦流。萬方千浩劫，一戰五中秋。銀燭誰家宴，金甌到處愁。闌干渾倚遍，哀雁過南樓。

三秋

山圍故國野淒淒，便是三秋日易低。黃菊花從愁裏看，翠薇笻向夢中携。死無他恨寒蟬盡，生有餘哀絡緯啼。莫問西風頻灑淚，枯桐葉落鳳難棲。

次崇武吟弟暮春雜感三首唐人詩："雪滿長安酒價高。"

息影休云玉待沽，誰令耳畔喚提壺。最憐酒價長安雪，芳草愁人買醉無。

其二

忍向風塵容易汙，雙丸日月隱中壺。不知多少傷春句，留與啼鵑併血無。

其三

山殘水賸混屠沽，如意空教擊唾壺。我比落花花比我，一天風雨古來無。

窮秋

絕少為歡處，浮雲生野陰。窮秋無蟹醉，獨夜有蛩吟。計拙難為力，名留未去心。還憐詩句在,絃外托知音。

晚秋漫興二首吳嘉紀詩:"寥落無鄰舍,乾坤此室孤。"

客從問字到衡門,瀟灑空山松菊存。午夜鐘來家近寺,名城石墜地連村。桂珠應下於今淚,風月徒招自古魂。偏是秋聲最無奈,暮砧急處又黃昏。

其　　二

誰教瀛海久風塵,世亂偏宜處賤貧。鄰舍漸稀孤此室,後生可畏向何人。荒天補石心同苦,老境侵霜鬢覺新。味却縈簾香一炷,楓丹露白任棲真。

哭同社蘇菱槎二首君有《東寧百咏》詩卷。曾以《玉鴛鴦》四律見示。

淹忽美人暮,才名我輩强。折花年最少,檢草病無方。李賀偏能老,禰衡不肯狂。銜杯四十載,未見醉高陽。

其　　二

曾作東寧咏,哀歌足斷腸。豈惟金蝴蝶,爲想玉鴛鴦。生計徒家壁,交游結客場。靈修如不昧,落月照空梁。

冬日晚眺

遁迹丘園抱素襟,誰於塵外結苔岑。死長生短山頭骨,歡少愁多月下心。萬木荒殘寒潦静,千家冷落野烟沈。呼朋引侣青冥路,只有飛鳶共嘯吟。

微雨即興

微雨灑枯桐,蕭蕭無顔色。中有幽弦姿,耳目寡所識。君看萬葉飛,翩翩生羽翼。雕鶚勢爭高,雲漢路咫尺。一落千丈崖,飄零寒澗側。願言守空疏,霜雪待頭白。

咏　　猿

居從木客住,哀向月痕低。解道沾衣苦,吞聲不忍啼。

閑　眺

荒原凋急景，萬象氣蕭森。落葉去已遠，斜陽愁至今。風霜銷劫草，鷹隼啄寒禽。暮雪空江上，漁簑莫可尋。

冬日至南安

曉作西行客，濃雲陣陣斜。芒花輕宕雀，麥壟亂翻鴉。石黑山都暗，沙寒水不嘩。鷄豚散在谷，樹外見人家。

洪瀨常經理晤後送酒，詩以謝之二首

邂逅相逢送綠醅，知余覓句好持杯。因君重憶江南夢，烽火蘇臺幾劫灰。

其　二

慷爽英姿迥不群，開平遺裔尚能文。鳳毛麟角知誰氏，說到江東愧陸雲。

飄　然

飄然一老自夷猶，不哲常憐鸚鵡洲。清水在山聲振谷，斗霜明月色勝秋。持竿有地西江夢，衰草無天南國愁。來日大難誰遣此，杖藜莫更上高丘。

拆　屋　自注：詩有失韻者，終不忍棄去。

拆屋拆屋，謂我無穀。付以填腹，巢鳥已覆！風雨無作，風雨雖惡，旦夕餓死速。

賣　衣

賣衣賣衣，昔是今非。何以療飢？蛻蟬不肥。霜雪無飛，霜雪霏霏，負米叩門歸。

立春日早起，是爲舊元旦，値雨甚癸未（一九四三年）

逢春偏早起，天色辨微明。飛鳥各有會，荒鷄尚自鳴。千山雲外意，雙鬢雨

中情。何事獨沈寂,乾坤未解兵。

石坑村夜先兄葬此。余亦擬買地矣。

小飲有餘酒,無眠自擁衾。溪山孤客寂,燈火一村深。月極天無盡,風悲鬼不禁。欲尋歸骨處,兄弟好同岑。

拜先太恭人墓,繩孫隨往

一聲阿母淚雙垂,此是遺孤最幼兒。白髮滿梳無所事,黃泉相見不多時。忍看寸草當春長,欲繞慈烏入夢遲。知否曾孫能舞蹈,松楸瑟瑟午風悲。

春日即興二首

春色在何處,都將眼底收。花因留客看,草不管人愁。天地此杯酒,河山一倚樓。若論今日事,誰借老夫籌。

其二

不是百年盡,難教千慮蠲。綠波春夢水,白骨故人山。鮫淚終何補,蠶絲未許閒。樹稍欣一碧,且聽鳥綿蠻。

二月

二月春風淡淡來,鞦韆若個好樓臺。人愁不與天相預,姹紫嫣紅着意開。

屨貴甚,擬穿草履,作此解嘲

道輊僧帽莫疑猜,尚着儒冠未化灰。客似稀星忻燕至,天於微雨慰花開。九家十室兵三面,萬歲千秋土一抔。左海至今完半壁,江南早賦子山哀。

園中

園林初過鳥,細雨濛濛曉。何處最銷魂,海棠開未了。

清明前作

渭樹江雲渺渺期,風檐展卷意遲遲。尚容白髮談開寶,自把青菱照魍魎。雞肋戀來真可笑,鼠肝化去有誰知。鶯花二月無情緒,根觸清明雨似絲。

清明日

清明此時節,坐愛雨聲長。恨淚蘼蕪濕,聞花橘柚香。魚膏沈古魄,鵑血斷今腸。更是凄人處,飴簫聲不揚。

不寐古體一首

爬搔痛癢無停手,十夜一眠寤八九。干戈況值百憂煎,漏箭不傳知子丑。瀏覽編簡膏莫焚,默誦低吟詩數首。有時得句喜欲狂,沃腸恨少幾杯酒。流螢窺窗宿鳥呼,天死地寂此吾友。宵短終難度五更,起視明月驚户牖。

古意

種樹莫種蕉,蕉葉雨聲多。憶昨春水生,何事又種荷。愁人蠶自縛,智者鴻不羅。三千紅芍藥,別院長秋莎。轔轔朱丹轂,狐狸笑山阿。握我徑寸珠,含光以摩挲。

煉膽石 在清源山,即汹"君恩山重"者,明俞大猷煉膽於此。

石高高,膽氣豪。上石下石如猿猱,朝煉夕煉日幾遭。腰懸雙寶刀,斬鯨碧海濤,遯兹小醜焉遁逃。膽氣豪,石高高。

既夕

既夕衡門閉,庭陰爽氣回。烟拖雙燕去,雨度一螢來。逢酒頻頻醉,愁花故故開。呼龍耕紫甸,饑不到蓬萊。

夏夜感作

弄人造化是何兒,歷歷兵烽板蕩時。清露無多蟬咽盡,稀星可奈鵲飛遲。竹竿溪静徐先輩,草閣江寒杜拾遺。便夢羲皇醒亦失,五更凉蝶自敲詩。

夜坐次吴渭魚韵

良夜此獨坐,青山隱隱橫。干戈愁對月,花木喜今晴。老憶劍千里,鄰來簫一聲。流螢時過我,款款有深情。

日　日

白雲蒼狗海生波,畫裏青山詩裏過。耕乏春田偏飯健,居同夏屋合輪多。難從周史猶龍問,忍聽楚狂衰鳳歌。日日睡鄉深似醉,松枝作麈好驅魔。

所　思

餐嵐雨後峰,拾影月下樹。所思期不來,空階生白露。

季夏作此

弱露輕塵瘦骨存,荒荒且伴日車奔。星辰爛極依天住,仙佛功成拜劫恩。蕉葉縱教書怨字,蓮花寧肯舞愁魂。幽蟬遍樹知秋近,滿耳哀歌誰與論。

雨後月出夜窗綴句

金經恨不學神仙,對此晴空慮忽牽。雲氣慣看山吐納,雨聲長與樹因緣。蜉蝣旦夕悲生死,猿鶴荒唐問帝天。負却新秋凉月好,青燈依舊照愁眠。

韓信釣臺

高臺屹立見雄圖,當日韓侯舊釣徒。爭説三軍驚上將,那知一市笑屠夫。

淮流波動游魚在,鐘室魂歸化鶴無。盡鳥藏弓何太忍,歌風遺址已平蕪。

中秋日夜勞軍獻旗

明月掛中天,轅門旌旆懸。海鯨刳一劍,秋隼控雙弦。草木謳歌外,山河壁壘邊。野人隨舞抃,歸去醉陶然。

螺陽夜宿,至是又近十載矣

夢魂迴枕上,旅思起窗前。萬户樓臺月,五更笳鼓天。秋風床蟋淚,往日雪鴻緣。東望晨曦白,海雲何處邊。

題留青樓

留青青便住,蒼漭曉山寒。天地干戈外,狂歌一倚欄。

秋熱彌甚,晚步以適

已傍三秋候,尚驕六月天。尖山錐脫穎,急鳥箭離弦。黃葉病未落,丹霞放更妍。班姬休恨賦,團扇詎能捐。

海　　上

海上傳烽日,紛紛共荷戈。巴丘方築戍,泚水莫興波。投袂寧無淚,危冠且放歌。防秋諸將在,滿望講經多。

殘　　荷

魚戲東南菡萏花,蓮歌乍歇綠全差。圓隨秋月明明缺,擎到西風黯黯斜。金井疏桐猶宿鳳,玉關衰柳有啼鴉。憐他搖落寒塘裏,掩映羅裙舊夢賒。

重九至北門,見群山蒼翠,倚杖口占

九日不登高,看山興亦豪。千蟬河滿子,孤雁楚離騷。烽照甘泉火,聲沈滄

海濤。猶然偷旦夕,幸未作逋逃。

是日,復爲同社諸子要至龜山巖,即景成詠

突兀龜山在,桑滄鯉郭平。梵聲呼樹定,溪影接江明。晚稻蟹雙怒,秋花鳥一鳴。無須傾菊酒,只爲鬥詩兵。

巖上成二絶

也似龜山嘆斧柯,秋風動處白雲多。蒼凉不盡江關暮,落葉蕭蕭兩鬢皤。

其　二

雁字橫空半寫哀,我如杜老强登臺。海天浪起烽烟急,誰問菊花開未開。

巖上再成律詩

數里秋光北復東,登臨我亦與人同。飄蕭黄髮魂依菊,痛哭青天血盡楓。城郭已非真化鶴,江山何事滿悲鴻。茱萸插徧詩歌壯,縱得平安烽火中。

遠征曲四絶

旌旆飛揚别酒傾,劍光夜指斗牛明。玉關銅柱神州外,揮手秋風萬里行。

其　二

瘴雨炎雲不惹愁,能戡西域便封侯。明年楊柳青青日,爲告深閨莫倚樓。

其　三

曾無白草與黄沙,紅閃蠻天鬼國花。鼛鼓一聲征戰樂,憑他啼鳥喚歸家。

其　四

南荒渺渺望恒河,白骨休嗟無定多。虺毒鮫腥談笑過,軍中新譜少年歌。

開元寺慈兒院廿周

天下最苦是孤兒,突無烟,誰與糜。束無脯,誰與師。孤兒何罪生零畸,紫

雲漠漠雲爲慈。教之、養之、栽之、培之,俾爾有如父在時。百千孤露學而知,雍雍乎二十年期,吾言不愧詩當碑。

赤壁懷周郎

年少英姿出將才,東風戰跡此徘徊。誰憐泚水千軍盡,宛似阿房一炬來。天欲孫曹分日下,江於瑜亮繪雲臺。如何青蓋終入洛,軹道降王南國哀。

洛江志感三絕

平生數過洛陽橋,橋斷橋增事匪遙。獵獵北風吹短鬢,一江水滿咽狂潮。

其　二

中亭欹枕尚依然,萬事東流浪拍天。今夜月明人靜後,可能漁火似當年。

其　三

手澤頻看盡李碑,低徊忍去蔡公祠。黃昏已近孤兒老,滿目山川再拜時。

　　哀女子女子家桐城,氏萬,爲苦力至惠安。日暮歸至洛陽橋北斷處,砌石狹甚,時潮水漲,往來如織,爲行者擠落。余目睹而傷之。

哀女子,哀女子,一失足間橋下死。潮頭高高浪花飛,螺陽歸來不得歸。逐流隨波鳧泛泛,最憐望救手猶揮。十七女同伴,驚立魂魄斷。兩岸絕小舟,無計須臾緩。龍宮浩淼馮夷憂,蚊螭起舞天爲愁。香沈玉杳倏不見,蜆磯遺恨水悠悠。潮落尸幸在,行人相嘆駭。飛虹若康莊,胡爲成危殆。誰生厲階目眥裂,夕陽紅怨胭脂血。

雨後立丹桂下

徘徊丹桂下,花發一開顏。歸鳥遲遲雨,披雲黯黯山。纍增詩卷重,愁怪酒杯閑。却被虛名誤,蓬蒿不閉關。

老　將

夢向沙場去,旌旗覺後無。恩猶生走狗,力不射飛狐。瘢暗菱花鏡,冤含薏苡珠。短兵狹巷處,語罷捋髭鬚。

老　僧

杖錫亦已久,翟曇不計年。一鐘飛日月,孤鉢銹雲烟。坐與佛無語,留因山有緣。袈裟債未了,欲寂那能圓。

望　夫　石

夫遠行,望靡已。妾之淚,江之水。水滔滔,山高高。化爲石,心堅牢。牽牛織女星在漢,人不歸兮石不爛。

喜哲夫參謀至,時在蕭育庭書記幕次

送君如昨日,執手復相逢。良會恐時盡,深山知幾重。交情千尺水,詩思五更鐘。若是歌同調,蕭雲亦可宗。

仲　冬　有　作

雲暗風凄萬木殘,園林蕭索雨初闌。已曾刪髮仍囚首,欲爲招魂自嘔肝。仙子九霄宮闕迥,才人一淚古今寒。升沉底事歸槐蟻,海市山車等樣看。

霜夜月白,憶義山"月中霜下鬥嬋娟"之句却成

青女肆嚴威,素娥呈妙色。妙色令人歡,嚴威令人戚。我欲親容光,其如咄咄迫。濯濯兩嬋娟,鬥亦終無力。關窗事早眠,中夜空反側。

游　承　天　寺

空門自昔說傳燈,花木禪房路幾層。十景已非詩想像,一塵不染界清澄。佛如鷲嶺泉通未,客至鸚山茶喚曾。霸業久荒青瑣杳,草雞難問打鐘僧。

晚　步　口　占

尚有炊烟起,東鄰點綴間。霞多紅到水,雨偶翠回山。似鬼何妨谷,爲仙未

出關。商量身後事,重自把詩刪。

冬至後夜

真覺腰圍瘦,吟魂苦不支。更將何藥補,還是以詩醫。壺碎狂歌猛,燈深入夢遲。寒風號月黑,天地爲誰悲。

攬鏡得句

淮南鷄犬九天遥,一落人間鬢雪飄。面目可憎休怨鏡,腹如粗飽莫吹簫。游踪空羨徐霞客,名士真慚鄭板橋。倦鳥寒蟲驚歲晚,幾回歌泣紙魂招。

次韵酬蕭育庭

浩歌忽反顧,流涕哀高丘。不酒天爲恨,因詩鬼與幽。相知惟五字,結念在千秋。努力期吾子,鶺鴒擊水游。

贈表弟吳藻汀

我是延陵所自出,每思慈母痛難禁。青燈夜雨孤雛淚,白髮秋霜伏櫪心。無恙山河千劫度,有情桃李卅年陰。池塘別唱翻新句,風月看君結醉吟。

題南安靈應寺,徇定眉和尚之請也

此寺號靈應,後唐身化來。溪山兩渟峙,周宋一塵埃。夢逐寒鐘去,詩携老衲回。君看竹倒插,大造不能栽。

梅花嶺弔史閣部衣冠墓瑶草,馬士英字。

梅花嶺上梅花開,此是揚州碧血栽。叛將防河戈北倒,招魂無骨江南哀。十三陵廢天方醉,廿四橋空月自來。涕泣年年香雪影,早知瑶草已成灰。

霜鐘

冷逼疏櫺透幾層,數聲知是打寒僧。板橋履重人方聽,蕭寺衾單客未興。

豈有關山同畫角,更無風雨欲昏燈。薰籠乍倚誰消得,驚起棲烏夢也冰。

雪櫂

雲邊暮色正迷離,欸乃誰家霰似絲。湘轉一帆天皓皓,山陰半道水遲遲。蘆花明月雁兒叫,楓葉寒江漁父知。莫倚篷窗頻咏絮,羊裘無奈酒醒時。

殘臘夜宿演內

吐月在深更,誰憐初夜情。寒星疏有影,殘葉子無聲。溪棹依稀泊,村燈報賽明。樓頭一徙倚,吟罷獨魂清。

舊曆元日七十感甲申(一九四四年)

枯澗寒松七十全,尚留雙眼看春旋。霜真上髮應烘日,烽爲驚心永恨烟。入座半多詩弟子,艱時終少酒神仙。閑來笑倚青天問,我在人間復幾年。

閑眺

春色幾人家,雲陰望遠賒。天蘇綠意草,雨釀紅英花。鳥語呼樹苗,山形戲酒斜。行歌聊自得,誰道鬢毛華。

看雨

看盡瀟瀟雨,雲生第幾峰。雁歸春後水,花發晚來鐘。大海猶枯鮒,空潭不掣龍。黑頭青史事,都付一枝筇。

送蕭書記育庭之幕洪瀨,兼訊哲夫周參謀

黃葉送周君,梅花開送子。盾檝會倉皇,黯然別而已。周君耽咏吟,吾子暢詩理。良晤無他言,各出袖中紙。磨礱與藻繢,風雨從此始。浮雲無終停,泛萍無終止。爲歡曾幾何,征驂追駯駬。吾子之所之,周君之所履。鼓角亂春山,前

塵又去矣。何以慰相思,脉脉東溪水。

忽　　然

忽然大笑破愁顔,倚樹高歌共鳥閑。蝶夢荒唐今日月,漁蓑管領舊江山。無花知粉春長駐,何鬢青絲老未刪。試問神仙成底事,王喬終是不生還。

永寧憶林登賓

故人今不見,海上獨銷魂。雲水空陳迹,絃歌剩燒痕。中郎惟有女,安石更無墩。款款平生意,歸來夢亦昏。

夜　　作

野靜四無聲,悠悠生我情。春愁因雨重,夜夢覺詩清。芳草此時綠,短檠相對明。萬方更疾苦,誰是悔佳兵。

哭同年王立峰老友余作弔史閣部墓律詩中云:"十三陵廢天方醉,廿四橋空月自來。"立峰擊節謂可傳。哀哉,永訣之言矣。

精思好學無如子,少小相從近里門。共愛桐枯彈古調,每羞鸚巧效人言。江河流急衣冠淚,金石交深文字魂。最後語思真隕涕,十三陵句倩誰論。

社奠再哭立峰

憶自賦迎暉,匝月睽顏色。吾徒君家至,吟詩謂君適。一病遽易簀,欲面終弗獲。仿佛平生歡,願言胡可得。撫棺涕泗洟,渺如山河隔。知否故人來,應悔不浮白。

送春詩未有不悲者,因反其意成二絕

明年尚有再來春,一去不回陳死人。任是殘紅飛滿地,勸君飲酒莫沾巾。

其二

無奈杜鵑啼血悲,五更最怕月明枝。桃花底事隨流水,夢裏乾坤能幾時。

瀟灑

扶疏樹繞屋,地静夜逾幽。雲破星初動,花欹雨乍收。人無黄犬悔,天與碧螢流。瀟灑憑軒坐,艱危且莫愁。

香妃 乾隆時,回王妃被俘以死者,身有奇香,故名。

國破家亡掩淚行,窮兵何事爲傾城。玉顔自號閼氏貴,金屋寧偷蔡息生。夢斷鳳凰天萬里,鎖深鸚鵡月三更。故宫到底歸環珮,恨殺芝蘭共得名。

向夕

驕陽欣向夕,荒徑往來頻。影與月同出,形於石自親。歸魂沈過鳥,芳草寄愁人。誰是蘇秦舌,暫銷戰國塵。

小雨

樹倦知還鳥,花迎乍過螢。破雲明暗月,小雨亂疏星。似我慚遺集,爲人强解經。兵戈殊未定,寂寞卧秋屏。

睢陽弔張、許二公

睢陽城外賊似雲,睢陽城内饑如焚。殺妾殺妾血羅裙,抽矢憤射南將軍。凝碧池頭宴紛紛,城亡與亡復何云,睢水嗚咽不忍聞。

初秋偶作

乍捐羽扇葛衣輕,秋色蒼然海上横。蝶去已空明月夢,蟬多難聽夕陽聲。千金賣賦歸傭賈,百戰傳烽付死生。便欲消愁何處是,微波落葉可勝情。

中　秋

此夜又中秋，秋心重有憂。烽烟悲黑劫，歌曲冷紅樓。多壘寧安枕，離家不繫舟。酒杯增淚落，空向月宮酬。

東家西舍泰半拆屋以賣，黯然傷之

不見鱗鱗瓦，空餘堵堵墻。亂蛩啼廢井，歸燕失空梁。風雨三間夢，河山百劫場。主人何處去，飄泊在他方。

七十生日謝諸吟友

懸車此日更無詩，頌禱偏多絕妙詞。獨雨十年孤雁怨，殘山一點兩螢悲。肉能扶骨差稱健，血自煎心敢告衰。我有梅花君菊酒，每懷風誼醉難辭。

崇武城次明郡丞丁少鶴岾山韵二律

雉堞縱橫海上灣，蓬萊東望聳神山。陣雲泰誓三千士，鎖鐵秦封百二關。猿鶴有聲悲壁壘，蛟龍無力猾夷蠻。鬚眉照水嗟吾老，天地沙鷗共影閑。

其　二

劫火南飛網半收，空勞將帥策紆籌。迷天月黑雲千里，大海波紅血五洲。鼓角不沈杯自醉，欃槍誰掃枕無憂。風流幸有知音在，放浪詩歌六日游。

留別崇武張斗南、蔡受謙昆仲、涂去病、張國輝、趙復紓、張志豪、張漁篷諸吟弟二首。

東極水滔滔，前塵慨我勞。地非今父老，人有古風騷。撫樹城中柳，踏歌潭上桃。相思知後夜，夢繞海門濤。

其　二

敢信詩能教，都云才可觀。千絲霞綺錦，九轉鼎爐丹。杯引魚龍出，燈深星斗寒。梅花消息近,寄爾一枝看。

歲暮有感

可奈催年速,崦嵫短短斜。天寒憂臘鼓,山遠急征笳。雨麥長抽穗,風梅碎舞花。瓊漿堪獻歲,惟有是仙家。

附錄一：集外詩 乙酉至癸巳（一九四五至一九五三年）

子母雞乙酉（一九四五年）

母嘓嘓，雛啾啾，一粒一啄雛無憂。母忍饑，呼雛至。覆雛翼，母弗離，雛兮雛兮無母何恃？

勝　利　詩

一怒無秦帝，十年有越兵。河山還故國，旌旆築降城。功蓋葵丘會，師雄楊鎬征。所忻黃髮叟，留眼看升平。

春日，送黃子登往安東，時詹振裕有申江之行丙戌（一九四六年）

幾經風雨琢詩瓢，春色催人折柳條。萬里白山寒有夢，一江黃浦静無潮。女能得婿蘿依柏，父在他鄉梓倚喬。分手少年憐我老，謂振裕。緑波碧草更魂銷。子登籍與江文通同邑，故云。

車　塵丙戌（一九四六年）

行來輾軋關山路，染盡東西名利人。若向征衣衣上認，有誰爲汝不傷神。

與吳文楚、許佶甫同游城西龍山寺，遂登龍山

我是虎崗人，來訪龍山寺。寺後有高阜，宋代曾氏瑞。夭矯蟠雄姿，衆山豁蒼翠。深秋多浮雲，晚稻實嘉穗。見雲不見龍，毋乃驪龍睡。木葉風蕭蕭，雁影

平蕪墜。顧此陵谷遷,遐思人代異。斜陽下高樹,一嘯睨天地。

重至鼓浪嶼

重來鼓浪舊風烟,小別如今廿二年。花草可憐兵革後,樓臺猶倚水雲邊。一蓑漁父興亡話,雙鬢詩人來去緣。忍把血痕江上認,紛紛無奈冷楓天。

游虎溪巖

放眼山河在,扶朋上虎溪。千峰寒水外,一嘯夕陽西。夢寐争槐蟻,英雄問草鷄。至今誰伏得,俯首聽菩提。

紀　夢

芭蕉窗外雨初晴,小倦抛書夢易成。不藉微波通款曲,却教靈藥搗分明。珞瓔褪翠衣飄蝶,琥珀堆紅枕囀鶯。惆悵午鐘難爲別,蓬山揮手不勝情。

留別復紓二絶

昔別蓮城東,今別鷺江涘。此意無東南,海水與江水。

其　二
伯牙爾其爲,成連吾滋愧。彈得一聲琴,天風吹月墜。

題安海黃氏聽月樓

聽月於今尚有樓,我來聽此月當頭。廣寒宮裏無鸚鵡,説盡青天一段愁。

水　操　臺

江邊雄峙水操臺,水膪臺空江自哀。信國已隨亡宋去,申胥何事哭秦來。戈當落日潮聲壯,髮爲支天幕府開。一領青衫孤島血,蕭蕭故壘幾低徊。

人日二首丁亥(一九四七年)

人日風光宜煞人,茶花取次鬥妝新。年年更有梅花約,每到荒寒便告春。

其　　二

自把薰籠向曉噉，行歌不管被尚温。乾坤此日人無恙，願作春流洗血痕。

桃　　花

籬角墻邊笑裏看，春風也共百花寒。命同妾薄生如寄，貌爲人憐折易殘。千歲虬鸞閶苑樹，數聲鷄犬武陵竿。色身若解空凡艷，不向東流逐去湍。

戒　　酒

我生常痛飲，興至酒杯寬。淋漓驚四座，放言翻狂瀾。顧視汲汲影，不飲胡冥頑。況讀杜陵詩，三百青蚨難。亦非步兵廚，白衣送實繁。豈惟樽罍滿，時有肉堆盤。詩成大醉後，擲筆碧雲端。庸福不可極，天怒於以干。若酖入自口，動即生病患。死成一笑置，神明枉摧殘。歌聲悶金石，蠱慵而蟬寒。揮手且爲別，俟我糟丘間。

即席贈潘國渠三首

文字因緣憶曩時，干戈未已去何之。歸來偶話江山句，始信人間尚有詩。

其　　二

休將獨角儷牛毛，我愧虞山吟興豪。一夜酒杯傾到底，秋聲散作萬家濤。

其　　三

足迹天涯發浩歌，次耕句貯錦囊多。丈夫放眼無今古，三尺龍泉五字磨。

登至高石覓生壙未得，值雨感賦

高原獨立俯群流，天外樓臺眼底收。世變但能銷濁酒，人生何必諱荒丘。句非潘陸翻江海，聲爲風雪蕩夏秋。黄菊不開誰慰我，蕭蕭小雨暮衫愁。

圍江寓樓大風倚窗望海

明月照高高，海水白滔滔。天風噓浪起，馮夷促月韜。誰薪海底火，蒸水作怒號。悲哉鮫人室,隕淚增波濤。淚盡海亦枯,萬夢一沙淘。

試筆作戊子(一九四八年) 老人時七十有四。

半是清民半國民,平分三十七年春。半邨半郭渾閑事,一半滄桑劫裏人。

春 日 五 律

繁華真似夢,忽忽漸春深。亂草山川魄,荒禽天地音。布衣成獨往,晞髮有同心。爲嘆遲遲日,風雲釀野陰。

下車值大雨,歸由新橋

溪吼如雷莽莽奔,蒼茫野色入黃昏。我來一傘撐狂雨,疑是騎鯨過海門。

偕汪照陸吟友往崇武,明日適立秋賦成宋末,江無量號水雲。

波平葉下共登樓,五載東來迹幾留。詩酒故人肝膽夜,山川作客水雲秋。書憑雁訊天猶遠,石煮龍宮海亦愁。佇待夕陽歌四起,風帆點點數漁舟。

北　　郭

我行出北郭,山色黝然深。感此蕭疏髮,獨爲天地音。風愁秋欲盡,雲合午常陰。采采問空谷,幽蘭不可尋。

中秋夜即景

作客不逢月,緣如佳節慳。秋聲萬戶雨,夜夢一溪烟。簾幕垂燈閣,笙簫罷酒船。愁雲誰掃去,挽出廣寒仙。

擬 秋 雁

絕塞霜飛亂影斜,羈魂且自傍蘆花。江南未必無烽火,欲向天涯何處家?

清明作己丑（一九四九年）　老人時年七十有五。

半壁繁華冉冉看，青山供我却非殘。最憐三月傷春暮，又對孤燈怯夜寒。芳草不歸來燕子，東風無賴舞花團。清明人鬼都雙淚，容易沾衣莫倚欄。

病中拉雜作此二首己丑（一九四九年）

不游新市歷秋冬，雞犬桃花世外翁。却嘆先生五株柳，與人爨下作焦桐。

其　二

炯炯雙眸漏滴殘，誰教俾夜晝來看。五中鼓起洪爐火，未覺乾坤有小寒。

排　悶

骨瘦寧忍視，心憂孰與寬。夜龍神不臥，空隼勢難盤。良藥丹砂杳，清霜白髮寒。無人起生死，強自把詩安。

病枕得句

遲死寧非福，殘生亦可哀。風騷餘涕淚，城郭似歸來。夜轉千盤塢，秋荒九日臺。最堪恨殺處，數月不持杯。清詩：“千盤夜轉檳榔塢。”余常失眠，故以比之。

紅　葉

是葉是花花即葉，明霞片片出墻東。蒼茫獨立支天地，不借衰顏作酒紅。

感易水事

白衣祖道泣悲歌，秦人聞之將若何。咸陽道遠消息阻，遂列九賓陛戟相傳呼。不堪龍胸中銅柱，匕首驚碎秦山河。頭吾哀於期，膽吾壯荊軻。寒風鬱鬱，精靈峨峨，千年易水怒濁波。

餞　菊

爲愛幽香肯折腰，東籬奈可黯然銷。孤心未忍松沾袂，瘦影乍分柳贈條。

何計春風踪迹返,不情秋雨死生遥。清霜從此無枝傲,只向離人兩鬢飄。

又五律一首

灑此一杯酒,呼之九日魂。行行楓葉路,念念桃花源。骨向何天傲,香留舊徑温。關山風雨急,幸爾淡無言。

霜葉

雨霰紛紛山徑通,幾多楓樹立寒風。恨天有鬢增頭白,空谷無杯醉頰紅。欲與蒼松長命比,最憐青女化機工。蕭蕭落木秋如夢,烘托乾坤放眼中。

題寒江獨釣圖

孤帆隱隱迓舟航,偏着蓑衣倚大荒。流水無聲天地白,亂山不見樹雲蒼。莫操綸綍投竿起,衹賸鬚眉與綫長。妙筆珍珠描雪景,漁歌恍惚在滄浪。

笠山見過後贈詩,依韵報之按,青雲係指神仙。時余方病熱。

稀髦之間鬢漸蒼,我家原僻竹梅旁。神仙豈有青雲道,富貴寧如綠野堂。覓句嘔心真落拓,問天散髮誤相佯。熱中况值烽烟迫,誰挹金莖一沁涼。

豐城劍

化爲龍去知何處,地下誰能問閶闔。莫怪文章今日死,更無光射斗牛墟。

慕西寺訪味蒓味蒓張君,杭州人,喜草書。時園菊猶開寺外。

新寺初尋友,清言復飲茶。人狂張旭草,歲晚陶潛花。遠水雙溪落,寒山一照斜。少年游釣處,劫樹幾啼鴉?

祐夏結婚蓮花庵,詩以當辭

儂生天北郎天南,併作鴛鴦好夢酣。未放桃花梅早綻,三生牒注蓮花庵。

虎丘弔真娘墓

寒山鐘冷美人眠,舞衫歌扇飛春烟。香風不動纍黃土,悲歌釃酒客流連。真娘聞是古宫人,或曰陷妓持堅貞。珠沈玉隕不可考,苔碣四字草芊芊。獨惜西施五湖去,金谷園,燕子樓,愧殺姑蘇臺空無覓處。不然殉國埋血碧,死葬虎丘墳三尺。珊珊環珮歸來遲,長與真娘雙傍吴王一片石。

歲暮有感

春來已覺歲非賒,猶聽鼕鼕臘鼓撾。人射愁腸穿柳葉,天留老眼看梅花。珠如徙浦淵沈蚌,玉未頹山陸起蛇。日短霜寒誰遣此,更堪舊恨説琵琶。

舉翼老兄贈詩甚佳,然余滋愧矣,依韵奉答

滄海橫流兩孑民,夢回禾黍已成塵。銅駝有淚晉宫屋,玉軸無籤鄴架貧。蓋乍傾時詩浩蕩,杯曾接處句清新。天寒又向家山去,細雨梅花獨自春。

寒 夜

瑟瑟寒侵幌,悠悠睡覓鄉。饕風狂似雨,斗月冷於霜。湖海雙凋鬢,詩歌一破囊。干戈猶未已,税駕向何方?

立 春

芳草以時緑,春歸報早春。可憐閨里怨,猶有未歸人。

歲暮感懷二律,依照陸兄子登用十研老人韵

戰海荒荒西日飛,寒梅開落稔春歸。青燐哭鬼龍蛇鬥,黑枕迷人蝴蝶非。錦瑟哀弦心上絶,玉關明鏡鬢邊稀。四山爆竹愁烽火,詹尹難窮理亂機。

其 二

酒徒劍客兩飄蕭,悶字書灰著自聊。雪裏千門初换帖,兵前萬國可憐宵。

無生佛子鎔金鑄,枉死詩魂剪紙招。未許皇天收老骨,美才十斗向誰驕。

照陸兄留飯志句二首　己丑(一九五〇年)　脚不支身見《南史》。

底事仍獨處,支身脚不情。煉詩歐冶子,止酒陶淵明。樹直疏人影,花欹拍鳥聲。莫教春草綠,又悵王孫行。

其　　二

竟日淹留住,長聆衛玠生。談朋圍歡口,笑子啞苦心。生我天傾北,傳人道不南。最難消宿業,秋雨白頭庵。

小　廢　宅

飛飛燕子嘆空還,黯淡柴門設自關。數點桃花人寂寂,枯藤却爲鎖雙鐶。

元　　宵

第一月圓時,休吟懊惱詩。燈隨歌舞蹈,花放采紛披。此夜豈不樂,心中有所思。願教天雨粟,禱爾紫姑祠。

一峰書疏散者

佛說空無相,人間殺有威。欲知禪外意,禪地更逃機。

大　病　作

四大飄然禦氣輕,春深猶許聽啼鶯。楊花未逐西湖去,犵草何曾南島行。落筆江河消孽水,高歌風雨壯天聲。靈槎縱有參苓餌,楚些歸來夢裏驚。

清明上冢詞二首

富貴悠悠水上萍,髑髏相對語零丁。看來只有青山在,舞馬冠猴夢不醒。

其　　二

百年如此傷心少,千古何曾化魄回。任是哭聲空谷應,陰風誰與播泉臺。

上巳有至龍溪修禊者慨咏

今日是何日,空晴萬象姸。溪山圖畫裏,天氣永和年。寒薄春衫重,江空午夢牽。蒼茫人代異,禊事更無緣。

扶杖小步

魔亦厭群鬼,生如歷劫仙。絶無人迹處,獨有花嫣然。魚悶破萍水,鳥狂橫雨烟。江山依舊好,渾欲不勝憐。

此身

此身不是希夷老,日日抱雲眠幾竿。影瘦春風蝴蝶幻,魂銷暮雨梨花寒。關山羸馬悲劵豆,隴蜀羈鸜病羽翰。槐蟻昏昏醒似醉,青衫黄髮淚汍瀾。

偶作

青山隱隱白雲封,花外樓臺鎖數重。斷酒難消三月雨,多愁常聽五更鐘。鏡中鬢髮凋潘岳,碑上文章愧蔡邕。合唱鷓鴣行不得,側身天地一支筇。

歌贈世姪周子秀彈琴

康成有孫曰小同,傳以詩書傳絲桐。身抱五弦足群島,滄海驚濤出螭龍。不爲俗客揮,不爲貴人奏,無聲之聲還宇宙。耽禪閉户發清商,嶧陽之山來鳳凰。鳳凰不來心於悒,幽泉迸裂巫猿泣。晩翠亭,音泠泠。緣慳惜我病未至,平生那識金徽意。願君他日一再彈,領取松風諰諰明月寒,琴兮琴兮汝勿諼。

窗外

梅子酸將濺,楊花撲欲迷。黑雲挾山走,白鳥插天低。舌結銜枚馬,毛虚舞鏡鷄。蘼蕪窗外望,恨碧又悽悽。

橫　　流

橫流聞道水湯湯，便欲渡河誰作梁。醉雨怒蛙喧子夜，亂風文蝶舞霓裳。生前阿堵驚漚電，劫後遺經距墨楊。白芨花開山黯淡，銷愁難飲酒盈觴。

喜　　晴

晴而有所喜，雨必有所愁。爾喜天不管，爾愁天無尤。不如無愁亦無喜，籠哭雲笑收囊底。翻手覆手一剎那，天意茫茫萬海波，青春渺矣隔山河。

鸚鵡洲懷古

鸚鵡千年誰更賦，萋萋鸚鵡臕荒洲。狂才頻向虎鬚捋，媚骨深爲龍尾羞。板蕩無天應小晦，奸雄於爾有何仇。能言取禍慚靈鳥，恨飲空江水不流。

讀東晉史

楚使曾云牛馬風，如何晉統紹江東。山河異景新亭淚，子弟孤軍淝水功。不醉西湖烟水夢，難收北道黍禾宮。砥瀾支廈推王謝，開國裳衣慎厥終。

帆　　影

一幅橫斜慣飽風，每當風處拽弦弓。憑君莫向空江望，渺渺離人烟水東。

櫓　　聲

斜陽細雨頻咿啞，驚起群鷗拍水藍。有客篷窗沽酒醉，却教搖夢過江南。

聽漁仙女士彈琴七絕三首

縞衣淡沐（沐）謝鉛華，香草離離是婿家。抱得鄉心隨明月，歸裝閑傍刺桐花。

其　二

文姬髻齔便知音,操縵安弦解詠吟。偶向人間揮一曲,飛鴻目送海天深。

其　三

不櫛居然林下鳳,生於詩禮韵商宮。麻姑三淺蓬萊水,搖落江山雙眼紅。

東湖采蓮詞七絕三首

湖水青青山色濃,湖當初日射芙蓉。花開莫花采雙蒂,恐有鴛鴦恨殺儂。

其　二

艇子灣灣宛轉歌,湖心亭下弄晴波。旁人盡說蓮心苦,那識儂心苦更多。

其　三

楊柳眉尖粉臉勻,兒家生小住湖濱。無端引得絲如許,萬縷千條繭縛人。

老君石像 在北門外老君巖,今廢。

流沙西去幾時回,柱史千年石未灰。際地極天張席幕,負山臨郭擁樓臺。神仙貌偉鞭何敢,道德經深點莫猜。矯矯猶龍飛在野,空巖顛米拜蒼苔。

陳炎生昆仲,余稔其三世,詩社兩假清門,即景留贈五律三首

緩步迂東郭,招邀羡結廬。吟人遷谷鳥,饋客養河魚。矮艷紅棲檻,交陰碧擁除。傭生處廛市,韵致足幽居。

其　二

廩看稻禾熟,籬編積棘堅。湖鄰吞日月,山傍落雲烟。當午蟬笙急,未秋鵰扇揖。軟塵真不適,小住莫嫌偏。

其　三

空庭瀟灑曠,好友共談心。靈鎖防狺犬,雕籠戲伏禽。弄舟波泛泛,傾琖酒沈沈。興盡歸歟晚,荒涂廢堞尋。

讀光武紀七古一首

娶妻果如願,麗華絕代美。追論執金吾,巍然紹漢祀。九州睥睨空白頭,襟淚濕盡英雄士。如花春女加黄袍,熊掌魚兼天驕子。君不見阿瞞及身未帝魏,當塗高高虧尺咫。漳江銅雀鎖二喬,東風作惡火赤水。

竹　床

削盡緑參差,平鋪無一梗。莫作風雨聲,驚起蝴蝶影。

蝴　蝶

似合又似離,翩翩復栩栩。若上美人裙,怕有風吹汝。

鴛　鴦

兩兩傍蘭艣,春溪與碧江。烟波浩無極,抵死總成雙。

古意五絕二首

佳人望不來,炎炎殊未已。誰信唊浮瓜,中有相思子。

其　二

夜長積百憂,夜短憂亦積。眉月倚殘更,心螢亂既夕。

東　壁　昔東塔有白鴿來聽後轉,寺僧戒環
東壁有龍眼果樹,莆種,果味極佳。

昔過東壁處,通徑已全迷。客入蛇如赴,僧孤鳥與啼。塔鈴清梵語,龍眼沁哀梨。爲上聽經閣,千秋白鴿堤。

當　窗

被褐當窗臥,天炎尚有陰。樹摇知鳥鬥,秋近覺蟬吟。刖足三號玉,孤心百

煉金。途窮雖不逝,歌罷一沾襟。

秋後熱

秋蟬那苦熱,當午奏繁音。萬樹一僧定,千山百鳥沈。風爲環海鎖,雲不與天陰。徙倚北窗下,雷聲佇遠岑。

小病自吟

又作維摩病,孤閑只是僧。暑風真似虎,秋氣不騫鵬。腸自撐千卷,心惟死一燈。南天節候晚,黃葉尚未曾。

中秋夜六言二首

天地山河一色,樓臺花木三更。可奈秋風起矣,吹來白髮又生。

其二

休説金樽罷唱,難勝玉宇高寒。萬里關山百戰,勸君莫自憑欄。

中庭夜坐

蕭蕭風露冷,明月美人心。天意一翻覆,浮雲時晦陰。秋無鬼不瘦,夜獨我長吟。最愛幽蛩好,相期鼓瑟琴。

汪、洪二老友率諸生登凌霄塔,詩以候之

聯步上凌霄,禦風風飄飄。況是賢諸生,裹糧共岩嶢。下有金粟洞,仙人拍手招。群峰視培塿,再拜向塔朝。側身攫過雁,何必箭在腰。秋聲大塊裂,酣吟五嶽搖。浮雲一回首,北山相對遥。夕陽倒衆景,紫氣納歸瓢。爲語登高者,兹游讓子驕。

返照

返照入秋山,秋山紅半巒。雖然清瘦甚,所喜是童顏。

賜恩巖紀游

萬山蒼然鬱秋色,山骨崚嶒山斂魄。賜恩巖瞰海東南,形勢胚胎北山脉。兒時阿兄携我來,壯歲間至游屐息。重陽三日氣清朗,邀上大觀壯修飾。倚巖擊柱嘯天風,拾級攀藤脚乏力。不如佛處少住佳,更看新祠祀許稷。窮荒文物啓貞元,稷與四門雙鳳翼。巖實賜稷許家山,馬鬣依稀迷墓石。俯仰興廢各題詩,亂葉哀蟬歸送客。

賜恩巖遠眺

秋氣正澄鮮,憑欄一惘然。樓臺多擁樹,城郭早飛烟。橫雁擔雙塔,蕩鷗追下船。慰人風景在,高咏白雲天。

賜恩巖望大觀亭感作

急景悲風萬木哀,大觀亭上怯登臺。何須九日茱萸插,自有一枝叢桂開。紅燭朱簾空憶夢,青衫黃葉共沈灰。乾坤剩此閒鬢鬢,老眼蒼茫數雁來。

送 秋

千古無人解送秋,送秋更比送春愁。紅花欲去柳青眼,黃葉乍空山白頭。莫問荒燐墳唱鬼,可堪遺爪客登樓。悲來何限兼葭意,風月乾坤肯少留?

初冬一日,壽照陸吟友

君年七十一,矯矯鶴不俗。顧盼霄漢青,棲託松柏綠。巖谷傲霜雪,風濤韵金玉。佇聽虬龍聲,高高共此曲。

題大觀亭

突兀大觀亭,巖花一笑擎。醉天看日落,漲海覺潮生。爲語後來客,雄文獨自名。

三　月辛卯(一九五一年)　老人時年七十有七。

三月流光莫嘆嗟,幾人大夢憶繁華。池圈千個殘春雨,園剩數枝深徑花。燕雀心馳荒寺静,牛羊背負好山斜。高丘縱目憐芳樹,尚有樓臺十萬家。

籌筆驛 宋石曼卿有句云:"意中流水遠,愁外舊山青。"二語膾炙人口,然未切題,故爲作此。

丞相此籌筆,征南尚有樓。可憐託孤淚,都作出師謀。流水三分遠,窮山五月愁。祠堂蟠古柏,萬里接悲秋。

二　絶　句

抱病經時未覺瘥,偶因扶杖過鄰家。遠烟縷縷衆山暮,無數歸鴉叫落霞。

其　二

燕子飛飛亦可憐,穿林拂水夕陽天。朱門王謝今安在,回首雕梁事惘然。

小　甦

萬里晴空浹汗侵,小甦移榻傍凉陰。鳥甘午夢飛魂斷,蟬抱秋心着意吟。湖上楊堤歌舞歇,江邊草閣水雲深。離憂欲寫渾無句,酒債都成藥債金。

雨　聲

紅日雖沈猶鼎沸,黑雲驟合似盆傾。誰搞蛙鼓漁陽調,夜半池塘亂雨聲。

立　秋　前　夜

凉風乍散暑氛侵,閃閃黑河漏未沈。秋氣欲來人正瘦,夜魂時與月相尋。愁多怨入芳蘭盡,静極香聞茉莉深。敧枕不眠眠更得,燈花銷却鹿蕉心。

聽秋聲有賦

吾心苟無慮,秋聲亦何奇。大塊偶噓氣,枯葉紛紛馳。檐馬斗靜鐵,壁蟲亂哀絲。譬彼三春花,榮落各有時。誰能舉大力,張袂西障之。白露零中野,蒹葭起遙思。且作莊生達,勿爲宋玉悲。

梅花七律二首

也是籬邊也水邊,最幽僻處最春先。幾時細雨關山夢,終古無人天地仙。笑靨乍窺孤鶴上,歸魂長在百花前。東風底事催妝急,嫁與逋翁然不然。

其 二

一枝獨自破天荒,知有騎驢得得忙。淡似美人偏着粉,寒於明月更聞香。江山點綴迴霜雪,詩酒沈酣浣肺腸。誰謂萬花甘讓汝,何花能作壽陽妝?

十 五

十五團圓月,清光欲倚樓。獨憐春暮夜,空照落花愁。

咄 咄

咄咄將何道,悠悠不可尋。秋聲兼葉盡,暮色入霞深。馬骨燕臺朽,鳳歌楚國沈。空餘山水在,無計一登臨。

哀同社楊宜侯

白社相從一載餘,喜君果是讀楹書。吟花蘊藉猶求友,饋藥殷勤屢過余。碧海歸舟人老後,青山游屐雁來初。梧楸可奈清霜逼,苦憶西亭楊子居。

冬日感懷

融融旭日世方新,望入年華鬢欲銀。惟有春蠶能識我,從無秋雁不愁人。

心因嘔血悲歌忽,脚不支身坐卧頻。爛熳丹楓期老境,莫言往事易沾巾。

冬日,含芸招飲,笠山、小迂同席,成田園雜興三絶句

秋稼如雲處處屯,秋征不見吏登門。黄牛散野清樽在,活到詩人未死魂。

其　二

水嬉鴨鵝水中船,種麥家家各藝田。好待清明佳節近,曉風吹潤養花天。

其　三

青山隱隱白雲邊,如樹依稀火似燃。多少鷄豚笑兒女,今年臘鼓更淵淵。

冬夜不寐

誰令幽夢覺,輾轉魂爲勞。寒月色逾白,勁風聲更饕。陶然一斗酒,抽此千金刀。結想飛塵外,無緣中怛忉。

飲含芸處。是日,藤兄、小迂、國輝俱在座壬辰(一九五二年)　時老人七十有八。

三年斷酒酒盈卮,春入梅花共説詩。開到老懷應破涕,更堪豪竹與哀絲。

酒後留謝漁仙

春晴净几供花枝,静聽琴聲愧子期。如此風雲惟有酒,可憐天地欲無詩。青衫黯黯襟前淚,白髮蕭蕭鬢上絲。爲語慈航女居士,珍羞空飽朔臣饑。

龍溪禊歸,集蘇兄蓀浦晚翠亭小宴,用小迂韵

亭名晚翠老頻經,此日如登不老亭。春在三洲牽水緑,人歸兩袖竊山青。鐵肩已失擔當力,金勒難容放浪形。若唱大江東去也,雄詞壯我倚杯聽。

郊　望

陰濃天氣出城關,小歲微吟景迫真。歸燕已巢新主壘,啼鵑不返故宫春。

紅飛片片花愁客,青踏離離草醉人。稍喜原田秧插遍,農歌四起粒蒸民。

春殘三絕

春殘無力挽春回,好掩蒼苔醉綠醅。杜宇不知淚是血,一聲聲徹五更來。
其　二
畫樓金谷送春殘,寫盡哀情墨未乾。便欲放歌風雨咽,落花如此一燈寒。
其　三
莫為春殘怨日長,羲和無語問巫陽。天閽不下留春詔,蓬島仙人也斷腸。

詩人節重弔屈大夫

世上年年五月五,哀湘直與湘水深。湘江浩浩萬古綠,手把離騷痛哭吟。虎狼之國餒肥肉,愚哉懷王茅塞心。魂兮歸來天哭陰,嘔肝隕血嗣楚音,起騎螭蛟精不沈。

撥　悶　壬辰（一九五二年）

難作海山客,猶留天地身。平生未肯下,今日始言貧。雨浸蛙愁曲,星流螢舞燐。獨忻風俗異,舊染一時新。

又五月作

白雲蒼狗事堪哀,尚有青山共對陪。幽夢欲成蟬喚起,夕陽無語鳥歸來。樹荒城郭女蘿盡,花繞樓臺茉莉開。便是好風多送點,醉人原不在銜杯。

秋宵有憶治廬逝世

秋宵負明月,誰與倚闌干。唳鶴銷多病,癯猿怯驟寒。寥天光黯淡,劫土淚辛酸。末路只如此,生才莫恨難。

黃葉篇

黃葉隕空山,風過聲淒然。吁嗟樹如此,五夜百慮煎。漆園豈不達,奈多萬化遷。蟋蟀相苦語,哀雁衆影連。感此霜雪重,迫此桑榆年。吾生何值難,排闥問蒼天。

返照七絕

木無可落已秋殘,風定雲疏未覺寒。留得夕陽紅半岫,蒼山都作少年看。

九日,值病後,蒸浦、蘇兄有海印寺之游

不任登高不飲酒,餘生幾度負重陽。山川佳麗他人眼,今古悲歌自己腸。塞北霜痕雁影白,江南雨意菊花黃。茱萸插徧輸君健,海色秋光入錦囊。

秋晚

僂指秋無幾,秋聲不肯閑。一巢孤老木,萬石出危山。園已荒金谷,兵因閉玉關。杖藜何所去,來往里間間。

殘　梅癸巳(一九五三年)　時老人七十有九。

南北枝頭早現身,香消雪暗忽成塵。殘梅落在東風裏,莫向人前說占春。

惠安各界追悼郭副團長,暨大湖戰役殉難諸烈士散失補錄,一九四三年。

三山烽火紅,延永安危中。况是桑與梓,焉和鶴並蟲。生魂爭半壁,死血灑孤忠。爲語南臺水,從今莫向東。

附錄二：聯文

洛陽橋中亭

爲誰，爲誰，行人古今橋南北；
無住，無住，流水去來海西東。

洛陽古井亭

古及今無二佛性，井之泉有一潮音。

開閩許氏宗祠

范叔衣寒杯憤憤，謝公墩在石巖巖。

賜恩巖

蓮月邊湖千頃水，松風對寺一聲鐘。

通淮關岳廟

劉封未足嗣宗，魏何人？吳何人？誰使三分成敵國；
宋高焉能誘罪，徽安在？欽安在？可憐百戰不歸鑾。

惠安陳氏宗祠

大孝格千秋，呼泣旻天天亦泣；
其昌卜五世，念茲皇祖祖在茲。

家中聯文三對

老屋數間後萬綠，春風一笑開千紅。

其　二
依榕樹以資庇蔭，種梅花而撲清香。

其　三
劍州出守杭州產，家世孤忠宋世來。

賀吳藻汀表弟六秩壽辰丁亥年秋。

作志千萬言，鳳子三飛人六秩；
爲師卅五載，菊花一醉天九秋。

祝洪禹川兄老夫婦金婚暨令郎新婚

前行弟兄，後行弟兄，尚有小弟兄，階下綵衣齊舞；
老年夫婦，少年夫婦，等是新夫婦，洞房花灼聯輝。

爲總工會"勞工神聖"題聯

萬里河山資斧鑿，千秋筋骨煉英豪。

提綫木偶戲聯

千里路途三五步，百萬軍兵六七人。

輓傅維彬聯一九二四年春被暗殺。

誰殺君，殺君成君名，到底殺君計亦左；
我哀汝，哀汝思汝好，從頭哀汝痛難言！

悼石獅某醫士聯

雄鬼寇方張，百戰干天應有死；
活人沙比數，一抔荒土獨無生。

書贈眼科醫師戴少安聯

少因作客稱能手，安得如君掃盡盲。

挽妙月師聯文二對

妙到空時無本相，月看隨處即西方。

其　　二

無處覓雙拳，妙相已歸三昧火；
有誰能一憶，月明但聽數聲鐘。

悼太虛法師

太華瞻來一布衲，虛空擲去萬河沙。

題古檗山莊圖

檗味問個中，乃祖獨具苦心，似啓山林，七澤三湘開楚國；
莊生超世外，他年共登樂土，如成仙佛，千秋萬歲避秦人。

感　　時 抗戰後期作。

官貪吏污，佛云不可説不可説；
薪桂米珠，子曰如之何如之何。

書齋自撰

老氣欲追千里驥，雄心猶聽五更鷄。

生前自擬墓聯

文章豈有驚天句，風月寧無弔我人。

贈林世聽先生聯

天下何曾有山水，人間樂得做神仙。

悼周伯遒先生聯文

佛法自心虔，是死是生，爲言金粟歸真，慰母悲聲收一慟；
詩游雖日淺，如磋如切，但憶銅臺遺句，買余哀淚下雙行。

海印寺大觀亭聯

大曆風傳歐不二，觀潮文起韓退之。

平日書寫聯文三十二對

殘山賸水囊收恨，泣雨驚風筆有神。

其　　二

計襲蔡州擒元濟，功成淝水破苻堅。

其　　三

蘇軾文章傳天下，陸機詞賦冠江東。

其　　四

老屋三間庇風雨，危樓百尺摘星辰。

其　　五

七夕星河歌桃葉，千山風雪探梅花。

其　　六

張陳幃幄三軍策，蘇李河梁五字詩。

其　　七

鑄成大錯九洲鐵，買得新歡十斛珠。

其　　八

隱約漁歌迴笛韵，迷離蝶夢喚鐘聲。

其 九
申韓刻忍殘民逞,黃老清虛大道行。

其 十
綠荷夜過池塘雨,黃菊秋清籬落風。

其十一
蘇臺秋老游麋鹿,越殿春深哭鷓鴣。

其十二
萬里玉門班定遠,五溪銅柱馬伏波。

其十三
勇士俠憑三尺劍,幽人靜撫七弦琴。

其十四
張良有膽椎秦帝,韓信無心背漢王。

其十五
千古屠沽遇燕市,六朝金粉訪秦淮。

其十六
碧江明月秋聞笛,紅樹空山夜著書。

其十七
雨侵梧葉青蛩唧,月滿蘆花白雁歸。

其十八
興至偶看書一卷,秋來惟飲酒千鍾。

其十九
騏驥伏櫪志千里,鶤鵬游溟心九天。

其二十
秦時文字差近古,晉代風流稱到今。

其二十一
蔡子英痛哭北去,楊廉夫從容南歸。

其二十二
將軍高詠懷牛渚,妃子埋香弔馬嵬。
其二十三
酒熱天寒燕市筑,途窮日暮吳門簫。
其二十四
獨倚高樓閑弄笛,爲尋古寺偶聞鐘。
其二十五
白馬馱經崇釋氏,黃鶴題詩壓謫仙。
其二十六
莫道蒯通惟説士,須知梅福是仙人。
其二十七
秋瘦梧桐下一葉,夢迴鸚鵡隔千山。
其二十八
東山絲竹謝安石,西蜀文章蘇老泉。
其二十九
范相每思制西夏,關侯未解聯東吳。
其三十
豪士論交金易擲,幽人養晦玉爲防。
其三十一
虞姬有恨美人草,商女空歌亡國花。
其三十二
直上泰山觀日出,且游滄海盡天低。

校 點 後 記

《半邨詩集》四卷,附録二卷,近代林騒著。

林騒(一八七四——一九五三),又名叔潛,字醒我,晚年號半邨老人。光緒二十四年(一八九八),以第一名秀才入泉州府學,光緒二十八年(一九〇二)中舉,光緒三十年(一九〇四)與兄翀鶴同榜中甲辰科進士。林騒中進士後,授鎮江縣知事。當時,清政府積弱,列強欺凌,官場腐敗,林騒有感於此,無心仕途,辭歸鄉居,清貧自守。民國元年(一九一二),出任明新小學堂校長。同年五月,執教泉州昭昧國學。曾被聘爲晉江縣副縣長、縣長顧問,一度任泉州公路局局長,但都任期不長,最終還是選擇創作詩文。一九四九年後,林騒當選首屆泉州市人民代表、泉州市人民政府委員。一九五三年辭世時,泉州市人民政府特爲其擇地安葬,挽聯有"生前有文章流傳,老來爲人民服務",堪當寫照。

林騒少時就讀於其二兄林翀鶴的塾館。進階第一名秀才時,試官以"句有驚天"的批語給予嘉勉。中舉時,又被主考官譽爲"八閩奇士"。兩年後中進士,成爲士林翹楚,當時官府曾贈予"同懷同榜登科"匾額,一時傳爲佳話。

一九三三年八月,林騒與蘇大山、宋應祥等名士創立"温陵弢社"。温陵弢社出版了《甲戌中秋雙江泛月》、《甲戌乙亥重九兩遊九日山》、《乙亥初稿》(上下)等詩集。温陵弢社至抗戰末期停止活動。

林騒一生詩作有四千多首,計十九卷。一九四五年,自選七百餘首編成《半邨詩集》四卷付梓。其子林琛於一九八一年影印《半邨詩集》,分上下二册再版。後來,在陳泗東先生等的襄助之下,又增補了林騒後期的一些詩作,使全書詩數增至九百五十首,附錄楹聯五十八副,合成一書,於一九八六年出版。今據一九八六年版重新標點,收入《泉州文庫》叢書。原有的《三版説明》和《重印後記》不再收入本書。

　　《半邨詩集》收錄的詩,作於一九一三年至一九五三年,跨時近四十一年,大部分時間正是中華民族飽受"兵災寇禍,狐嘯魚頳"的艱難歲月。林騷以詩人敏鋭的觀察力,將所見所聞、所經所感付之於詩,在國難、家愁中表達他的憤慨、憂愁和無奈。如寫軍閥時期的《十一年來,兵禍靡極,追痛前塵,感懷近事,因綴律四首》:"百萬頭顱輕棄擲,哀風苦雨泣民魂"、"竭盡脂膏供幕府,空城黄雀野田青。"寫《貧女》:"羡盡雙飛去,紅顔落小家。停針金線短,掃葉竹釵斜。夜乞淒凉月,春開寂寞花。踏青謝女伴,默默浣溪紗。"這些現實主義詩篇,是詩人憂情所系發出的感喟。這類詩中最突出的當數《挑夫嘆》,"秋鷹擊兔貓捕雀,部邑無人半流亡。一從爲挑夫,妻子望眼枯。即死填榛莽,得間或遁逃……一日止一餐,一餐百里路。饑掬寒澗水,倦宿空山露。鞭撻時見血,力盡無緩步……望鄉關兮不歸,聽杜宇兮魂飛……",寄托了對勞動人民的無限同情,抨擊了半封建半殖民地舊中國的殘酷無道。《泉山吟》、《喪亂以來,躬耕無地,作隱居難篇》等皆是。林騷嚴於格律,精於煉句,集中不乏婉麗精切的警句。比如,"月寒瀉地僧初去,霜急空天鳥獨歸"(《冬日有作》),"曙光連月色,人語出花叢。雲濕鐘迴寺,星稀鳥點空……"(《破曉倚窗成句》),"乍晴雷雨草萋萋,閑拾飛花自醉題。欲把春愁關得住,有誰禁卻子規啼"(《春愁》)。其古風更是起伏跌宕,盤珠流彩,如"毛義捧檄空青雲,陶潜束帶歸白屋。無端禪詔出深宫,長卧滄江被野服。飄泊幾吹子胥簫,悲歌自擊漸離筑。凄凉舊事心頭潮,禁得西州淚一掬……"(《知己行爲蘇公次杉作也》);又如,"戰海荒荒西日飛,寒梅開落稔春歸。青燐哭鬼龍蛇鬭,黑枕迷人蝴蝶非。錦瑟哀弦心上絶,玉關明鏡鬢邊稀。四山爆竹愁烽火,詹尹難窮理亂機。……雪裏千門初換帖,兵前萬國可憐宵。無生佛子鎔金鑄,枉死詩魂剪紙招……"此類不勝枚舉,詩人對時局危難的關注,憂國憂民情懷躍然紙上。

林騷是近代活躍於閩南詩壇且蜚聲海内外的詩人，有"閩南詩壇祭酒"之譽。其詩和楹聯，多有被鎸刻在家鄉和東南亞各地的寺宇、學校、古蹟和民居，至今仍存。

編　者

二〇一九年七月

圖書在版編目(CIP)數據

半邨詩集/林騷著；許長鋒點校. —北京：商務印書館，2019
（泉州文庫）
ISBN 978-7-100-17723-8

Ⅰ.①半… Ⅱ.①林… ②許… Ⅲ.①詩集-中國-近代 Ⅳ.①I222.75

中國版本圖書館CIP數據核字（2019）第157403號

權利保留，侵權必究。

責任編輯　閻海文
特約審讀　李夢生

半邨詩集
林　騷　著

商務印書館出版
（北京王府井大街36號　郵政編碼100710）
商務印書館發行
山東鴻君傑文化發展有限公司印刷
ISBN 978-7-100-17723-8

2019年10月第1版　　　開本705×960　1/16
2019年10月第1次印刷　印張12.5　插頁2
定價：60.00元